JN122631

こちら後宮日陰の占い部屋

田井ノエル

ポプラ文庫ピュアフル

こちら こうきゅう ひかげの うらないべや

目次

主な登場人物

凜可馨（りんかしん）：依頼者の心を読み解き未来を示すと言われる、謎の女性占術師。

泰隆（たいろん）　：凜可馨の正体。占術の腕はいいが、オネエ言葉で毒舌をはく美男子。

翔夢鈴（しょうめいりん）：泰隆をプロデュースしている、凜可馨の助手。

韋碧蓉（いへきよう）：凜可馨を後宮に招聘した宦官。でかい・ごつい・厳つい。

蔡高明（さいがおみん）：後宮を管理する宦官。碧蓉をライバル視している。

九思（じうし）　：後宮での凜可馨の世話係。

月麗妃（ゆえれいひ）：月雨佳（ゆえゆうじあ）。その姿を見た者はいない、虎麗宮の妃。

燕貴妃（えんきひ）：色気がばつぐんな鶯貴宮の妃。

蘭雪莉（らんしゅえり）：かつての麗妃で、雀麗宮の妃。

翔青楓（しょうせいふう）：夢鈴の姉。後宮のどこかにいるらしいのだが……。

こちら後宮日陰の占い部屋

田井ノエル
たいのえる＝【著】

ポプラ文庫ピュアフル

序幕　後宮の占術師

一

凜可馨（りんかしん）の占術は、人を救う。

「お世話になりました」

憑きもののとれたような晴れやかな表情で、女性が頭をさげた。

「あなたの御心が軽くなって、凜可馨も喜んでおります」

とても満足した女性の面持ちを見て、翔夢鈴（しょうめいりん）は笑顔で答える。

朱（しゅ）国は、大陸の東域に広い領土を持つ大帝国だ。長きに亘って王朝の系譜は途絶えず、太平（たいへい）の世が続いている。その都・栄陽（えいよう）ともなれば、豊かさの象徴と言えよう。貿易だけでなく、工業の要でもある。安定した治世は人民の心を満たし、文化や学問を開花させた。

ここ数年は西域（さいいき）文化を取り入れたことによる発展が目まぐるしい。ことに、国が運営する活版印刷所の登場により、文学の飛躍が顕著だった。学舎や貸本屋の急増により、識字率は一世代前とは比べものにならないほど上昇している。

いまや、朱国は西域の列強にも劣らぬ。紅劉帝の治世は恵まれ、安泰だった。まさしく歴史に名を残す名君であろう。民草にも、そのような意識が芽生えていた。

凜可馨という占術師は、そんな都の繁華街に、小さな店をかまえている。

入り口は狭く、黒い帳が垂れさがって中が見えない。古びた木製の看板には「占術」と書かれており、少々陰気な雰囲気を漂わせていた。

だが、その敷居を跨ぐ人間は多い。

「あの……」

このときも、一人の女性が表にかかった帳を開ける。

新しいお客だ。

まとった襦裙は地味であるものの、質は悪くない。貴族というよりも、商家の娘といった風貌だ。中流階級以上の人間だと見立てられる。腰までさがった黒い髪は、ややくせが強くて横に広がっていた。朱国では、未婚の女性の多くは髪を結わない。そのほうが、美しいとされるからだ。

「いらっしゃいませ、初めてですか？」

訪れた「客」に、夢鈴は微笑んだ。客は迷いながらも、うなずく。

「では、こちらへどうぞ。小姐」

「は、はい……」

夢鈴は背筋を伸ばしたまま、客である女性に「お嬢様」と呼びかけて誘導した。店の中は暗いので、まっすぐ歩けるよう、手をとって導く。女性は為されるがままに、夢鈴に従った。

「ようこそ、凜可馨の占術館へ」

客を狭い入り口から、さらに奥の部屋へと案内した。まるで洞窟の中にいるかのような錯覚に陥る空間だ。

数多の蜜蠟（みつろう）の光が頼りである。近ごろは西域の洋燈（ランプ）も普及しはじめているが、蠟燭（ろうそく）の灯りは温かみがあり、神秘的だ。甘い花の香（こう）の効果もあり、女性の顔が惚けてくる。

「あなたの悩みをお聞かせください。なにか、ご相談に来たのではないですか？」

夢鈴は女性客を椅子に座らせながら、人好きのする笑みで問うた。そして、女性の視線を誘導する。

目の前には御簾（みす）がおりていた。向こう側はよく見えないが、だれかが座している。影だけなのに存在感があった。

「あの方が……占術師様？」

「はい、小姐。凜可馨は、あなたの御心を救います」

栄陽で評判の占術師――凜可馨。

その占術は「人の心を救う」と言われていた。

占術は古来より受け継がれし秘術である。天の災いを知り、国家の趨勢を見る神秘の技だ。

多くの為政者が占術師を官として登用してきた。元来、占術とは国事であり、神聖なるもの。いくら金銭を積もうとも、庶民が気軽に手を出せる代物ではなかった。その在り方が変化してきたのは西域文化の流入が激しい近年である。自然災害や医術等、多くの謎が解明されてきた。それにともない、占術も徐々に権威を落としつつある。とはいえ、まだ庶民に浸透するには早い。

凜可馨は異端の占術師だった。

そもそも、女性の占術師というものが異例だ。加えて、凜可馨は市井に店をかまえ、庶民を中心に占術を行っている。

その姿は御簾の向こうに秘され、はっきりと見た者はいない。ある者は美しい女と言うが、ある者は顔に痣のできた醜女、と。街を歩くときでさえ、顔を見せないとか。

謎の多い女占術師。あやしげな噂も多々あった。

しかし、凜可馨は依頼者の心を読み解き、未来を示すと言われている。評判は人から人へと伝聞され、何度も店を訪れる常連客も少なくはなかった。

翔夢鈴は、そんな凜可馨の助手として働いている。表に出ない凜可馨の世話をして、客と対話をするのは夢鈴の役目だ。

「実は……結婚することになりまして……相手の方が私を、どう思っているのか知りたいのです」

女性は伏し目がちにそれだけ告げて黙ってしまった。

「小姐。差し支えなければ、ご結婚相手は？」

夢鈴が問うと、女性は「すみません……」と謝るばかりだ。自分のことを話したがらない客は多い。

だが、占うにも背景がわからなければ、どうにもならない。ただ出た結果を告げるだけとなる。それでは選択できる占術の幅も狭まるし、なんの解決も導けない。

御簾を確認すると、凜可馨の手が動いている。夢鈴が呼ばれているのだ。

「かしこまりました、凜可馨」

夢鈴は素早く御簾の向こう側へ移動する。すぐに椅子に座していた凜可馨が、夢鈴に耳打ちした。

凜可馨の占術は、このようにして夢鈴に伝えられる。それを夢鈴が客に伝言するのだ。夢鈴は助手であり、代弁者のような存在である。

こういった手段をとる理由を客は知らない。

「凜可馨より質問です。あなたは結婚が決まったとおっしゃいましたが……もう、すでに結婚されていますね」

実際に夢鈴が聞いた凜可馨からの質問だった。

「え……それは……」

女性は動揺して視線をそらしてしまった。夢鈴は畳みかけるように口を開く。

「凜可馨には、あなたの過去が見えております」

夢鈴は大げさに言って、女性に近づいた。女性は夢鈴から逃げるように、椅子の背もたれに腰をつける。だが、逃がしはしない。夢鈴は怯える女性の手に、そっと両手を添えた。包み込むようににぎると、女性は肩を震わせる。目には薄く涙が浮かんでいた。

「ご安心ください。ここでの話は他言いたしません。お客様の幸福が第一でございます。お話しいただけますか？」

夢鈴は笑いかけながら、女性の目尻からこぼれそうになっていた涙を指ですくった。

女性はやや頬を紅潮させながらも、夢鈴のほうを向いてくれる。

「……はい……」

そうやって、女性は自分の身の上、そして、本当の悩みについて語りはじめたのだった。

二

「おつかれさまでした」

本日最後の客を見送ったあと、夢鈴は大きく伸びをする。

店の仕事は嫌いではないが、肩が凝るのだ。このあたりは、人間である以上、仕方がない。あとで店の梁(はり)で懸垂(けんすい)をしよう。このようなときは、汗を流すのが一番だ。疲れない身体づくりをしなければ。

夢鈴は暗い店の中で、洋燈をつけた。

明るくなった代わりに、大量の蜜蠟を一本ずつ消していく。蜜蠟は煤が出にくく、甘い香りが特徴的だ。神秘性と高級感があり、上流階級を中心に人気である。そして、その分、値もはった。店が閉まったら、すぐに消火して経費節約するに限る。

「泰隆(たいろん)様も手伝ってくださいよ。表は閉めています」

夢鈴が呼びかけると影が動く。

「うるっさいわね。服が動きにくいのよ」

衣(きぬ)がこすれる音がしてしばらく。御簾の向こうから、顔が出てくる。

立ちあがると存外、背が高い。細身の体型を包むのは黒を基調とした襦裙だ。細やかな金の刺繡が施されているが、華やかではない。頭からかぶった黒い蓋頭によって、顔は隠されていた。だが、その人物――泰隆は鬱陶しそうに、蓋頭を取り払って椅子の上に投げ捨てる。

「ったく、もう」

唇が不機嫌そうにゆがんでいた。舌打ちまでしている。そのせいか、せっかくの整った顔立ちが台無しであった。とおった鼻梁も、毛穴の見えない滑らかな肌も、凜々しい切れ長の目も……黙っていれば、完璧な美男だというのに。

「本当に泰隆様は口が悪いですね。まちがっても、お客様に聞かれないようにしてくださいよ。せっかくの女装が台無しです」

「好きで女の格好なんてしてないんだから！」

端整な顔で苛立ちを吐き散らかすのは女性ではない。れっきとした男性。名は泰隆――凜可馨と名乗る、謎の女占術師の正体である。

泰隆は、長く伸ばした黒髪をしなやかに払う。御簾から見た輪郭が女性に見えるよう、夢鈴が毎朝整えているのだ。実際、光を含みながら指からこぼれる髪は艶やかで、言葉を発しなければ美女にしか見えない。男だと説明されても、たいていの人間は信じるのに時間を要するだろう。

「でも、板についていますよ？　大丈夫です、お化粧だって完璧にしてあるので。これなら、たとえ後宮に迷い込んだって、男とはわかりません」

「うるさい！　喩えが飛躍してるわよ！」

「自信を持ってください」

「そういう問題じゃない」

夢鈴が笑うと泰隆はいっそう不機嫌そうに否定する。

凜可馨とは、夢鈴と泰隆が作りあげた架空の人物だ。この店にある仕掛けは、すべて神秘性を演出し、凜可馨の正体を隠すためのもの。外界の光を遮断する帳も、数々の蜜蠟も、甘い香も、占術師を隠す御簾も。

謎の女占術師という偶像を演出するための仕掛けである。

「ところで、泰隆様。どうして、さきほどの女性が既婚者だとわかったのでしょうか？　占術ですか？」

蜜蠟の灯りを消しながら、夢鈴は何気ない疑問を口にする。

「ああ、あれ？　そんなものが占術でわかるわけがないでしょう。あなた、どこ見てたの？」

泰隆は気怠そうに返事をした。なんだかんだ言いながら、蜜蠟を消す手伝いをしてくれている。泰隆は口が悪いけれど、性根は面倒見がいいのだ。

初めて会ったときも、夢鈴を見捨てなかった。

「どこ見てたの？　なるほど……つまり泰隆様は、わたしの観察が甘いと指摘なさっているのですね」

「……まちがっちゃいないいんだけど、あなたのその超肯定的解釈、ほんと感心するわね……」

「どうも、どうも。わたし、泰隆様の通訳ですので」

泰隆は本当に口が悪い。ひねくれている。根はいい人なのに、どうしてこんな風な言い方になるのだろう。と、夢鈴は常々思っている。

占術の店をはじめようと決めたときの課題であった。泰隆はいい占術師だ。だが、口を開けば客に毒を吐く。もったいない。彼が占術師として一人では大成しない理由であった。

そこで、夢鈴は泰隆の言葉が幾分、丸く聞こえるように女言葉を提案してみた。男言葉で冷たく言われるより、なんとなく軽くなる。誤差だが。そのうえで、念には念を入れて言葉はすべて夢鈴に耳打ちして通訳することにしたのだ。

泰隆自身、口が悪いのは重々承知している。大人しく、夢鈴の提案を受け入れていた。くせになるよう、普段、夢鈴と会話するときも、この口調だ。

「そうですね……観察、ですか」

夢鈴は泰隆の指摘を理解しようと、深く考え込んだ。そして、さきほどの女性客の姿を思い出す。

着衣に不審な点はなかった。稀に、貴族の娘が庶民に変装して来ることもあるのだが、今回はその線は薄いだろう。あったとしても、客が既婚者だったかどうかには関係ない。

「どこを見て、未婚と判断したのかしら？」

泰隆に問われて、夢鈴は思考をめぐらせる。それは、彼女が「結婚について」の悩みを口にしたからだ。けれども、たしかにその前から夢鈴は彼女を未婚だと思っていた……。

「髪型、でしょうか？」

夢鈴は自分の髪を軽く指で持ちあげた。

朱国での「美女」の定義は顔ばかりではない。まっすぐでしなやかな髪も、その基準になっている。

ゆえに、未婚の女性の多くは髪を結わずに流す。逆に既婚者は家庭に入り、家事をするため伸ばした髪をまとめるのだ。髪を結うのは夫以外の男と不貞を働かないという意思表明でもある。

下級層の労働者などは髪が邪魔になるため例外だが、客は見たところ家も裕福そうだった。これには該当しない。

あの客の髪には波打つような強いくせがついていた。いま思えば、不自然だったかもしれない。

「いつもは結っている髪をおろしたから、ああなったのですね……？」

「できるじゃない。最初から真面目にやりなさいよ」

「それは、泰隆様がわたしのことを、真面目にやれば最初からできる人間だと評価してくれているのですよね。ありがとうございます」

「あー……はいはい」

泰隆は、やりにくそうにため息をついた。だが、文句を言われないところを見るに、まちがった解釈ではないのだろう。今後、このようなことがないように気をつけなければ……まずは、注意力を養うために、片づけが終わったら懸垂しよう。

「泰隆様のおかげで、お客様にご満足いただけました。とても晴れやかな様子で出ていかれましたよ」

泰隆が女性の嘘を言い当てたあと、彼女は真実を話してくれた。

この店を訪れる客は、嘘をつくことも多い。人には言えぬ悩みを抱え、不安に思いながら、それでも目の前の占術師に未来を問うのだ。

そんな客たちの現状と心を読み解き、言葉をかけるのが泰隆という占術師である。

勘違いされがちだが、占術とは未来を見る力ではない。

起きた事象を解釈し、自らの指標とするものだ……まあ、それでは商売としての吸引力が弱いので、誇張した売り文句は使わせていただいている。なにが起こるかを見るのではない。あくまでも、読み解いた事象を個人がどう受け止め、行動するかである。占術師はその手伝いをするだけだ。

占術で未来が確定するのではない。未来は変えられるという考えのもと、泰隆は占術を行う。

恋に破れるという未来を占ったとき、当たれば本人がなにも変わらなかったから。当たらなければ、なにかしらの行動によって未来が変化したと解釈される――こう説明すると、とても胡散臭い。詐欺のように感じられてしまう。なにせ、占術の結果など「どうとでもこじつけられる」と言われても仕方がないのだ。夢鈴も当初はそう思っていた。

しかし、泰隆の占術はそうではない。夢鈴には上手く説明できないが……ただの詐欺ではない。いや、詐欺ではないのだが。

よりよい方向――依頼者が望んでいる答えを導き出し、行動できる後押しをする。そういう占術だ。

「まあ、結構大変ですけどね」

すべての蜜蠟を消し終わり、夢鈴は息をつく。

こういった「演出」の類も、占術に信憑性を持たせるために行っている。なにかしらの不思議な力があると信じられたほうが、「得」なのだ。事実、さきほどの客は泰隆が「占術で自分の嘘を見抜いた」と勘違いしているだろう。実際はそうではないのだが、そう思っていただいたほうが、商売がしやすい。

演出は夢鈴の仕事である。泰隆は放っておくと、すぐに口の悪さと、人の好さで損をしてしまう。夢鈴が手綱をにぎる必要があるのだ。そして、泰隆と一緒にお金を稼いで――。

「失礼」

ふいに、表で声がした。

夢鈴は反射的に立ちあがる。大丈夫だ、入り口から奥の部屋までは、いくつも帳がおりていて入るのには時間がかかる。冷静に、泰隆の頭に蓋頭を載せた。黙っていれば美女に見えるものの、顔は隠れていたほうがいい。

「はい……もうしわけありませんが、本日は閉店なので――」

謝罪しながら、夢鈴は一人で表に出た。

「!?」

そして、目の前にそそり立つ人物を見て、目を丸くする。

やや高めの声からは判別できなかったが……そこにいたのは、大きな壁のような男であった。

鍛え抜かれた筋肉が着衣の上からでもわかる。顔面を斜めに走った刀傷には、歴戦の勇士の風格があった。物々しい威圧感があり、見ているだけで圧倒されそうだ。

　これは……屈強である。

心も身体も、とても強そうだ！　健全な精神は、健全な肉体に宿ると聞く。まさしく、夢鈴が理想とする姿だった。

「な、なにゆえ、そのような目線を……？」

大男は夢鈴を見おろして、顔をしかめた。いけない。つい興奮していたようだ。

「んん……な……なんの、ご用でしょうか？」

夢鈴は咳払いしながら問う。大男のほうも「こちらこそ、失礼……」と断りを入れる。粗相をしたのは夢鈴のほうだというのに、ずいぶんと腰が低い。威圧的な雰囲気だが、高圧的ではなく、好感が持てた。

「凜可馨という占術師殿がいると聞き、参上しました。某は、韋碧蓉ともうします」

やはり物腰がやわらかい。見た目の粗暴さに反して、言葉が流暢で繊細な印象を受けた。

韋碧蓉……韋氏か。なるほど、武官家系の貴族の名だと記憶していた。それならば、この図体の大きさも理解できる。と、夢鈴は瞬時に自分の知識から導き出した。

「大家（たーちゃ）を支えるため、宦官（かんがん）をしております」

「宦官？　武官では……ないのですね……！」

思いも寄らなかった役職が飛び出して、夢鈴は思わず苦笑いしてしまった。

宦官とは、あれだ。そう、あれである。男子禁制の後宮に出入りできる男性――正確には、男性の象徴を取り除いた人間だ。そのため、声が高くなったり、小柄になったりする者が多いと聞いている。だが、目の前にいる大男は、伝え聞く情報とは真逆ではないか。これはいくら泰隆でも見た目ではわかるまい。

「実は某、後宮の管理もしておりまして」

「宦官ですからね……」

どうしても、この厳つい顔と職が結びつかない夢鈴であったが、ここからが本題のようだ。引き気味だった姿勢をなんとか正す。

「ご存じかもしれませぬが、後宮の妃嬪（ひひん）とは悩みも多い。とくにいまは、幽鬼や呪詛の噂が後宮を騒がせておりまして、不安になる妃嬪も大勢……端的に言いますと、凛可馨殿に後宮で占術を提供してはいただけないだろうか？」

「え……」

後宮で、占術？

夢鈴は両目を開閉して碧蓉を見あげた。

「後宮に入ることが可能な占術師がいないのです」

占術師は元来、上流階級が重用する職だ。そのためか、女性の占術師は極端に少ない。否、泰隆の観測範囲では一人もいないらしい。皇城に勤める占術師も、やはり男だと聞く。

しかも、占術師は祭事の儀礼なども担当するため、かなりの高官に就ける職である。軍では重用され、貴族や豪商のお抱えとなり、高給取りであるのが普通だ。一昔前よりも権威が落ちたとはいえ、まだまだ絶大な力を持つ。凜可馨のように市井に店をかまえ、だれでも相手にする占術師など、現状、ほとんどいない……去勢してまで、後宮で働きたいと思う者となると皆無だろう。

凜可馨は女性であるとされている。正体は男なのだが、後宮には適任だろう。

「あの……大変、もうしわけないのですが……お断りします」

設定はどうあれ、泰隆は男である。露見した場合、ただではすまない。それに、店が軌道にのって常連客も増えたのだ。いまから畳んで後宮に移るのは、客に対して不義理である。

「実は凜可馨は、おと――」

「もちろん、無償とは言いません。宮廷占術師と同じ待遇でお迎えします」

「いえ、ですから、おとこ……」

「具体的には、こちらで」

有無を言わさぬ速度で、碧蓉は夢鈴の前に文書を提示した。用意がよすぎる……夢鈴は苦笑いしながら、文書に目をとおす。

両目が開眼した。

「この額は……」

「足りませぬか」

逆だ。多すぎる。

夢鈴はめまいで倒れるかと思った。が、両足で踏みとどまる。このような金額を見るのは、初めて……いや、近い数字を目にした経験はあった。そのとき以来の衝撃だ。さすがは宮廷。さすがは後宮。

このお金があれば……夢鈴の頭に夢が過る。

「……凜可馨は特別な方です。御身に触れられるのは、わたしのみと決まっております」

夢鈴はできるだけ動揺を悟られぬように毅然とした態度をとった。だが、頭の中はお金のことでいっぱいだ。精神が弱すぎる……腕立て伏せをしないと。

「それでかまいませぬ。某が特別に許可状を書きましょう。女官も宦官も、凜可馨殿の顔を見てはならぬ。身体に触れることも許さぬ。これでよろしいか?」

話がうますぎる。なにか裏があるのでは……さすがの夢鈴は強く警戒しつつも、次の瞬間には「わかりました。凜可馨に相談いたします」とうなずいてしまっていた。

泰隆は反対するだろう。後宮は恐ろしいところだと、風の噂で聞いた。もしも、凜可馨が男だと露見すれば二人とも処罰される。悪ければ首が落ちるし、よくても、きっと泰隆の大事なそれがとぶ。

でも……あんな額のお金、もう一生稼げる気がしなかった。

あのお金があったら、姉様を救えるかもしれない……！


翔一族は貴族とは名ばかりの貧しい一家であった。

大昔はそれなりに権力を持っていたらしいが、いつのことやら。とくに大罪を犯した話などもなく、自然と地位もお金もなくなったと聞く。地味な衰退だ。少なくとも、夢鈴が生まれたころには、おんぼろ屋敷で無駄に多い家族が身を寄せあうように貧乏生活をしていた。

西域との交易が活発になり、貴族でも廃れる者、平民から成り上がる者も増えてきている。ことに、現皇帝の治世においては、官吏の出世も能力次第となっており、盛衰が顕著であった。古いものは淘汰され、新しく強いものが残る。世の摂理だ。

たくましく生きなければ。

それを教えてくれたのは、長女の翔青楓であった。

翔家の長女として、弟や妹たちを導いていたのは彼女だ。書物が好きで「愛書娘」などと称される変わり者だったが、その言葉は常に正しかった。姉はいつも夢鈴に賢い生き方を説いていた。

夢鈴が姉の教えに背いたのは、たった一度である。「恋だの愛だのは一時の夢です。利になる結婚をするべきなのです。それが先々の幸せに繋がるのですから」夢鈴はこの意味をよくわかっていなかったのだ……端的に言うと、夢鈴は恋をしてしまった。

相手は商人の息子で、裕福ではないが細々と店を営んでいた。夢鈴のことも大切にしてくれたし、結婚の約束だってした仲だ。

そんな折りに舞い込んできたのは、夢鈴に後宮へ入るよう求める報せだった。

すでに何百人もいる妃嬪の一人として。

後宮は皇帝のために作られた美女の庭である。国中から美しい女を妃として集めていた。その侍女や女官、下働きをあわせれば三千になるとされている。男子禁制の女の世界。そこへ出入りを許される男は去勢した宦官と、皇帝だけ。国の豊かさと権威の象徴だとも言われていた。

貧乏貴族の夢鈴が呼ばれたのは、完全なる数あわせだ。だが、代わりに多額の報奨金や、給金の支払いが約束された。それは翔家の抱える借金を返済するには充分すぎる額だ。

青楓の教えどおり、「利になる結婚」をするならば、そのときだった。

けれども、夢鈴の恋人だって優しい。翔家よりはお金もある。後宮の妃嬪となるよりも、幸せな結婚が約束されているではないか。

——後宮へは……入りたくありません。

つい、夢鈴は入宮を拒んでしまったのだ。

その結果は……最悪だった。

夢鈴の代わりに入宮したのは、姉の青楓である。彼女は夢鈴の身代わりとして、自ら志願して後宮へ入った。引き換えに翔家は多額の報奨金を得ることとなる。

夢鈴は、自分の身代わりに姉を売ってしまった。その罪悪感で、息もできなくなってしまう。

打ちひしがれていた夢鈴に追い打ちをかけた報せは……恋人の夜逃げであった。

中途半端な商家にはよくある話だ。商いが上手くいっていなかったらしい。気がついたら、店はもぬけの殻であった。夢鈴に一言もなく、彼は去ってしまったのだ。

商家の嫁になるのだからと、貸本屋で読みあさった商売の本は無駄になる。未来計画を立てた日記は紙の芥(ごみ)となった。

自分の姉を金で売って幸せを得たはずなのに、残ったものはなにもなかったのだ。

身代わりになった青楓はいまも後宮で過ごしている。手紙では「私は利になる結婚をしたのです。気にしておりません」と言っていた。たしかに、姉と引き換えに翔家は多額のお金を得られた。青楓の言う「利になる結婚」だ。

だが、青楓は夢鈴の身代わりになったのである。

もう恋などしない。いつかたくさんお金を稼いで、姉を後宮から救い出してみせる。

それが、教えを守れなかった夢鈴の目標だった――。


「駄目よ」

切羽詰まった夢鈴の打診を、泰隆は一言で切り捨てた。蔑んだ視線を夢鈴に向けながら、息をついている。

「よく考えなさい。胡散臭いでしょう」

「それは……お言葉のままの意味で発言されていますね……」

「当たり前でしょ！　考えて！　あたし、男なの！　男は後宮に入れません！」

泰隆は女物の衣をひらひらと揺らしながら、胸部の平坦さを強調する。

「わかりました……胸に詰め物をしましょう」

「あなた莫迦にしてるの？　そうじゃないから！」

泰隆は頭が痛そうに眉間に指を当てた。

「凜可馨の顔はだれも見られない約束です。身体に触れることも禁じてもらえるそうです」

夢鈴は苦し紛れに、碧蓉から出された条件を盾に主張した。もうこれしかすがるものがない。

「は？　なんで？　そんなことが許されるわけないでしょう？　嘘つかないで」

条件を告げると、泰隆は訝しげな表情で夢鈴を睨んだ。信じていない。たしかに、好条件過ぎて夢鈴にも、よくわからなかった。

「後宮よ？　皇城ほどではないにしても、そこまで警備をゆるめるはずがない。さては、その宦官。あたしを騙して男だって暴きたいんじゃないの？」

「そ、そこまでは、さすがに考えすぎでは……」

「官吏だろうが、貴族だろうが、皇城へ入るときは、着衣を検められるのよ。皇帝の御身に近づくのだから、当然。あたしが武器でも持っていたら、どうする気なのよ！」

「そう……ですよね。たしかに……泰隆様、皇城へ行ったことがあるのですか？」

まるで見てきたような口ぶりだった。しかし、泰隆は「んなわけないでしょ、常識よ！」と一蹴する。

夢鈴と泰隆が出会ったのは、二年前だ。姉が後宮に入った直後である。そのころから、二人で「凜可馨」という占術師を作りあげてきたが……実のところ、夢鈴は泰隆の素性をよく知らない。

本人いわく「昔は貴族相手に占術をしていたが、口の悪さが災いして雇い主がいなくなってしまった」らしい。泰隆の毒舌なら、あり得る。

しかし、占術など一般人が易々と学べるものではない。ましてや、貴族相手に商売など。

また、店の初期費用は泰隆の出資だ。あっさりと費用を捻出してきたところを見るに、それなりの家柄だと思うが……とにかく、泰隆は自分のことを話したがらなかった。

それでも、夢鈴が泰隆と組むのは――夢鈴自身が泰隆の占術に救われたからである。

「ちょっと貸しなさい！」

泰隆は勢いで、夢鈴の手から文書を奪いとる。さきほど、宦官の碧蓉から提示されたものだ。口約束では困るので、念のため凜可馨には触れない旨についても書き足してもらっている。

「…………」

書面を見るなり、泰隆は顔をしかめる。むずかしい表情で、文面を睨んでいた。

「これを書いたのは、渡した本人かしら？　宦官じゃなかったの？」

「え？　はい、そうです。たしかに宦官だと名乗っていましたよ。宦官に見えるかどうかは、べつとして……その場で追記もしていただきました」

夢鈴は書面をのぞき込み、署名を指さす。たしかに、これを持ってきた宦官は韋碧蓉と名乗っていた。署名も同じ名前だ。

「なるほど……わかった。行きましょ。逃げても無駄だし」

「そうですよね。後宮なんて嫌ですよね――え？」

思いもよらない返答が聞こえた。

夢鈴は泰隆の顔を確認するが、本当だったようだ。むずかしい表情のままだが、たしかに「行きましょ」と言った。

「いいのですか？」

「仕方ないじゃないの……」

泰隆の「仕方ない」は「引き受けたからには仕方ない」でも、「お金のためなら仕方ない」でもない気がした。

微妙な差に夢鈴は引っかかりをおぼえつつ、「まあいいか」と納得する。

お金も魅力的だが……後宮には姉がいるのだ。元気だろうか。顔くらいは見られるかもしれない。

「……………」

そのときの夢鈴は、どうして泰隆がこのような表情をしているのか気にしていなかった。

第一幕　占術師は明日を視ない

一

後宮とは皇帝の財の一つだ。

国中から美女が集められる。妃嬪だけでも数百人。侍女や女官、下働きも含めると実に三千人以上の女がいると言われていた。都の中心部、朱宮に存在する。

とはいえ、その領域は広大だ。政が行われる皇城と、皇帝の妻たちが暮らす後宮。それぞれ区切られているが、中にはいくつもの宮が建っており、すべてを歩いて回ると数日かかるらしい。多くの人間がいると言っても、小さな箱に押し込められているわけではないのだ。

後宮の内部を案内されながら、夢鈴(めいりん)は頻(しき)りに周囲を観察してしまう。

それぞれの宮は見あげるほど大きいし、装飾も豪華だ。瑠璃(るり)瓦は太陽の光を受けて、まるで黄金のように煌(きら)めいている。壁や柱は錦に彩られており、宝玉もふんだんに使用されていた。

頭の中で金額を計算しようとするが、無理だ。これだけあれば、どれほどのものが買えるだろう。米ならば、途方もない量になるはずだ。麦や野菜、魚や肉だって……翔家での暮らしが長かったせいか、つい食べ物に換算してしまう。価値観が崩壊しそうだ。

飢えるほどではなかったが、幼いときから口酸っぱく節約を叫ばれていた。料理はもっぱら夢鈴の役割だったが、たっぷりの水で炊いた粥が多い。

青楓（せいふう）が後宮に入ってからは暮らしが豊かになった。借金も返済し、毎月、給金の一部も仕送りされる。以前ほど節約しなくてもよくなったが、夢鈴はそんな実家にいるのが居たたまれず、店をはじめると同時に独立した。

未婚の女が実家を出て独立するなど、あまり例がない。だが、朱国は躍進を続ける国家なのだ。夢鈴は自立した強い女になると決めたのである。時代の先を行かずして、なにが強さだ。周囲の反対を押し切って、いまにいたった。

健全な精神は、健全な肉体に宿る。青楓が教えてくれた言葉だ。なにかの書物にあったらしい。後宮へ移っても、鍛錬は欠かさぬつもりだった。幸い、壮麗な宮の梁はどれも頑丈そうだ。夢鈴が懸垂しても折れないだろう。早朝、走るのにも適した広さである。

「姉様、元気かな……」

この広い後宮に、姉がいる。そう思うと、胸が熱くなった。

もう二年も会っていないのだ……青楓は夢鈴を恨んでいるだろうか。頻繁にやりとりする文通では、とても元気そうだが……。

「おちつきませぬか？」

声をかけられて、夢鈴は我に返る。挙動不審に見えてしまっていただろうか。背筋を正して、愛想笑いをする。

「もうしわけありません」

「いえ、結構ですよ。助手殿」

前を歩くのは、蔡高明（さいがおみん）という宦官だった。後宮内の宦官を取り仕切っているらしい。先日現れた碧蓉（へきよう）とちがい、高明は宦官らしい風貌だった。背は夢鈴よりも低い。顔は丸みがあり、少々女性的である。高めの声は年配の女性と区別がつかないだろう。碧蓉を見たあとなので、これぞ宦官という見目に、夢鈴は内心で安心したものだ。

「凜可馨（りんかしん）殿のお世話は、私にまかされておりますから。なんなりと、お申しつけくだされ」

高明はにこやかに笑いながら、前を歩く。宦官特有の歩き方が、なんとなく「可愛（かわいい）」と感じてしまう。

「気をつけなさい」

だが、微笑ましい気分になっていた夢鈴に、泰隆（たいろん）が耳打ちする。蓋頭で顔を隠しているが、あまり機嫌はよくなさそうだ。まあ、泰隆の場合は今朝、後宮へ来る前からこうなのだが。

碧蓉との約束どおり、泰隆の着衣も顔も検められなかった。事前に話がついていたらしい。代わりに、夢鈴は別室で女官たちに囲まれて綿密に調べられた。まさか、肌着まで脱がされるとは……。

「こちらが、あなた方の住まいです」

高明に案内されたのは、殿舎の片隅であった。それも、工部の宦官が仕事をする菊花殿である。花の名などついているが、工部は主に後宮での土木を担当している。つまり、この立地……妃嬪の出入りはほとんど期待できない。

「あの、お店はどこで……」

「それも、こちらで」

住居と店舗はわかれていない、と。部屋自体は広そうだが……このような場所で占術をしろと、高明は言っている。宦官らしい丸顔が途端に憎らしく思えてきた。

「なるほど……しかし、わたくしどもはお妃様方のお悩みをお聞きするよう、伝えられておりますが?」

夢鈴はつい笑みを返してしまう。隣で泰隆が肩をすくめて、なにかを言いたげであった。

「碧蓉殿が直々にご指名された占術師だ。たいそうの腕前とお見受けする。もとは市井に店をかまえていたとお聞きしたゆえ、近い環境のほうが、腕もふるいやすいのではないでしょうか？」

「……高明様は、碧蓉様からわたくしどもの世話をまかされておられるのでは？　なんなら、抗議させていただいてもいいのですが？」

「そのとおりでございます。碧蓉殿からおおせつかり、私が選定した最良の部屋ですので……そうですね。正式な手続きを踏んで変更を申請してくだされ。また選びなおすため、まあ……三月はかかりましょうか。なにせ、ここは後宮。移動にも手続きと人手が必要ですので」

凜可馨が後宮へ来ることになって、何ヶ月も経っていないはずだが……なるほど、なるほど。そういうことか。夢鈴は合点した。

碧蓉は話のわかりすぎる宦官だったが……高明は真逆のようだ。夢鈴と泰隆、否、凜可馨という占術師を受け入れていない。碧蓉とは、態度の差がある。

泰隆が夢鈴を小突く。そっと耳打ちされた。

「こんな雑な仕事しかしないから、出世が遅いのよ」

泰隆は口が悪い。そのまま伝えると諍いを生むので、通訳するのが夢鈴の役目である。彼の意図を汲んで、言葉にする必要があった。

そういえば、高明は頻りに「碧蓉殿から」と強調している。

高明は後宮を管理する宦官の最高位だが……碧蓉は皇帝付だと言っていた。つまり、同じ高位の宦官であるが、立場としては高明のほうが下なのだ。それを根に持っており、碧蓉が抜擢した占術師を毛嫌いしている。こういうことか。出世の競争相手を敵視する結果だ。

宦官には二種類いる。刑罰で去勢された者と、自ら望んで宦官となった自宮者だ。高明は自宮者だと最初に言っていた。それは、給金目当や、出世目当ての場合が多い。

官吏となるには科挙にとおらねばならない。だが、出自などが理由で科挙の試験を受ける教養を身につけられない者も大勢いる。そもそも、科挙は充分な教育を受けられる貴族の公子ですら、難関だと言われていた。

その点、宦官は科挙や出自に関係なく登用され、高位の役職に就ける可能性がある抜け道のような制度である。なお、当然のように去勢しなければならないため、相応の覚悟が必要だった。

高明は自宮者にして、いまや後宮の宦官を総括する地位にいる。出世が目的なのは、見え見えだった。

「わかりました」

夢鈴は顔に笑みをたたえる。接客時に見せるとびきりの愛想笑いだ。

「高明様も、早く碧蓉様のようになれるといいですね」

夢鈴が明朗な声で言い放つと、高明の頬が紅潮した。唇がゆがみ、眉がつりあがる。

けれども、なにも言い返せないのか、奥歯を噛んでいるばかりである。

夢鈴は清々しい気分でお辞儀をした。そして、颯爽と与えられた部屋へと入っていく。

まあ……これからだ。いくらでも、やりようはある。

二

拝啓、青楓姉様。

お元気でしょうか。実は、急に決まったので、報告が直前になってしまいましたが……このたび、夢鈴は後宮で働くこととなりました。占術を辞したわけではございません。後宮の占術師として、働くのです。わたしは助手の身ではありますが、大役をまかされたからには精一杯まっとうしたいと思います。

つきましては、ぜひ、姉様とお会いしたいです。今度、うかがってもよろしいでしょうか？　どちらの宮におられるのでしょう。

よい返事を待っております。

翔夢鈴

拝啓、夢鈴。

近ごろ、文を寄越さないので少々心配しておりました。元気そうで安心しましたよ。

後宮で働くのですね。それはおめでたいのか、そうではないのか、私からかける言葉はございませんが……そうですね。後宮はとても特殊な世界です。環境に慣れるのも大変でしょう。

私のことは放っておいても大丈夫です。いまは自分の心配をしなさい。会いになど来なくてもいいですし、私にもいろございますから暇もありません。本当です。忙しいのです。女官などに居場所を聞いて勝手に訪ねるなど、もってのほかですよ。

いまは自分の仕事に励みなさい。

翔青楓

後宮へ来る直前、夢鈴は姉の青楓とこのような文のやりとりをしていた。夢鈴をとても気遣ってくれているのが、よくわかる。本当に優しい姉だ。きっと、心配させまいとしているのだ。

そんな姉がいまも後宮の荒波で震えていると思うと、心が痛い。現皇帝の後宮では、妃嬪の不審死事件や謀反など、黒い噂も絶えぬと聞く。そういえば、碧蓉も幽鬼や呪詛がどうとか言っていた。

早く救い出さなくては……！

「なに呆けてんのよ。さっさと終わらせるわよ」

泰隆のこれは、言葉どおりの罵倒である。夢鈴は手紙から顔をあげた。いけない。荷物の整理をしていると、つい手紙や書物を読みふけってしまう。集中できていない。鍛え方が足りないのだ。

「はい、すみません」

夢鈴は姉との文通を木箱にしまって、持ちあげる。後宮に入った青楓とは、ずっと手紙をやりとりしており、すべてここに保管してあった。青楓からの教えが詰まっている気がして、ときどき読み返す。

高明が用意した部屋には、すでに荷物が持ち込まれていた。夢鈴たちが後宮に持参したものだ。

まずは、広めの部屋を居住域と店に区切る。軽く板で壁を作る必要があったが、ここは地の利を活かした。工部が近いので、工具や余りの木材をわけてもらえるのが助かる。

泰隆は女ということになっているので、部屋を一つにされてしまったが……「さすがに、一緒に寝られるわけないじゃない」と、泰隆がごねた。仕方なく二人の生活域も区切った。おかげで、とても狭い。

「べつに寝所は同じでいいのでは。泰隆様って、変なところを気にされますよね」

「それ、あなたの口から出る言葉じゃないと思うんだけど？　女でしょ？　こんな成りとしゃべり方で後宮まで来ちゃったけど、あたしが男だってこと忘れないでよね！」

「だからなんだって言うんですか？　弟たちの着替えは、全部、わたしと姉様でやっていたのです。いまさら、男性の裸の一つや二つ見たって一緒ですよ。それとも、泰隆様は、わたしに見られて恥ずかしいのですか？」

「いや、その、ね……あなた、見ることしか考えてないの？　自分が見られることについては、なにも思わないわけ？　一応、恋人いたんでしょ？」

「あ、その可能性ですか。考えていませんでした！　でも、大丈夫ですよ？　鍛えていますから！」

「なにも大丈夫じゃないわよ。仕切るったら仕切るんだから！」

というやりとりがあり、想定より一枚多く壁を作った。男心はむずかしい。だいたい、夢鈴には恋人がいたが、未婚なのだ。同衾はしていない。よく食事はしたが、身体に触れる機会もなかった。

「捨てられたんじゃなくて、逃げられたんじゃないのかしら……」

小声でなにやら文句を言う泰隆の横で、夢鈴は着々と荷物を整理する。壁ができたので、次は店の内装だ。私物の類は後回しでいい。懸垂は……外に林が見えるので、手頃な木を探そう。梁は丈夫そうだが、区切りすぎたせいで空間が足りない。

「腕が鳴りますね」

このような日陰の隅に店を作ることになったが……やりようは、いくらでもあるのだ。むしろ、好都合である。

街で店を出すときもそうであったが、「どうしてここに？」と客に思わせればいい。後宮のど真ん中で大々的に宣伝するよりも、隅からはじめて評判を高めたほうが効果的だ。

普段、妃嬪が来ない立地であればなおさら。

占術を頼る客は、だれもが悩んでいる。他人に姿を見られぬよう自分を偽り、平気で嘘もつく。その心を解きほぐし、占術を行うのが自分たちの仕事なのだ。であれば、秘密の場所は都合がいい。前向きに考えよう。

黒い帳を入り口から幾重にも垂らして、部屋の中を暗くしていく。材木を切ったり、組み立てたりする作業もお手のものだ。いつも翔家の隙間風を直していたし、なによりも身体が鍛えられる。身体が強くなれば、心も強くなるのだ。心身ともに鍛えて、自立した女にならなくては。夢鈴は梯子の上で片足立ちをする。

「ちょっと、真面目にしなさいよ」

「すみません、つい……」

「あと、だれか来たみたいよ」

泰隆が外を示しながら、蓋頭を深くかぶる。夢鈴は入り口をながめ、耳を澄ませた。

「もうしわけありませーん……ごめんくださーい！」

だれか訪ねてきたようだ。作業に夢中で、まったく気がつかなかった。夢鈴は梯子から飛び降りて、表へ出る。

「ああ、よかったぁ。人が出てきてくれました……！」

入り口に立っていたのは、小柄な女性だった。幼いとは言えないが、背が低いせいか若く見える。やや赤みがかった髪と、丸い目の形は愛嬌があった。猫のようだ。

「すごく怪しい雰囲気だったので、だれもいなかったらどうしようかと思いましたよぉ……」

女性は胸をなでおろしている。神秘的な雰囲気を演出しているのに、怪しいとは失礼な。しかし、まだ灯りの調整をしていないし、看板も出していなかったので、当然だろう。

「なにかご用でしょうか？」

夢鈴が問うと、女性は「はいっ！」と姿勢を正した。

「占術師様のお世話係をまかされました、九思（じゅうし）ともうします。よろしくおねがいしますっ！」

九思は元気に言うと、頭を深くさげた。身なりと態度を見るに、女官ではなく下働きだろう。凜可馨の身の回りの世話をするため配属されたというところか。

しかし、後宮お抱えの占術師だというのに隅の部屋を宛がい、世話係はたった一人か……高明に嫌われているせいか、不遇すぎでは？　店へ打診に来た碧蓉の好待遇はなんだったのだろう。後宮に入る泰隆の敷居がさがっただけのような気がする……あと、お金。これは大事だ。

「お手伝いですか、助かります。わたしは翔夢鈴、凜可馨の助手です。よろしくおねがいします。九思」

夢鈴が自己紹介すると、九思は慌てた様子で狼狽えはじめた。夢鈴は、なにかまちがっただろうか。

「夢鈴様、頭をおあげくださいっ。私は一介の下女にございますので、そのようなていねいな対応は困ります」

ああ、そういうことか。夢鈴は、つい客相手と同じ対応をしてしまった。普段、泰隆としか話さないのも問題だろう。通常、下働きの者に敬語など使わない。

しかし、翔家ではほとんど身分が関係ない状態だった。住み込みの使用人はいたが、家の者と同じ扱いをしていたのだ。あまり身分にはうるさくない。なにせ、自身も貧乏なのだから。とくに、夢鈴は女でありながら未婚のまま独立してしまった異端者である。いまさら、改めるのもむずかしい。

「うーん……わたしは、器用ではないのです。常に敬語でないと、やんごとなきお相手に、思わず尊大な態度をとってしまうかもしれません。ここは後宮ですし、統一したほうが都合がいいのです」

のらりくらりと笑ってみせるが、九思は納得いかない表情だった。やがて「夢鈴様が、それでよろしいのなら……」と、うなずいてくれる。そして、「よろしくおねがいします！」と再び頭をさげた。元気がいいのはいいことだ。

「あ……少し待っていてください」

夢鈴は九思を表に待たせ、中へ戻る。

「泰隆様、一時的に隠れてください。なんとかしますので！」

「は？」

九思に泰隆の姿を見せるわけにはいかない。夢鈴は泰隆を奥に押し込んだ。泰隆も事態を察したのか、大人しくしてくれる。平時ならともかく、作業をしながら男であるのを隠すのはむずかしい。部屋を仕切ったあとでよかった。

「どうぞ。作業を手伝ってもらえると助かります」

「はいっ！」

九思は気合いを入れながら、店へと入る。

「では、これを並べてください」

九思に適当な仕事を言いつける。とりあえず、このまま二人で店の内装を終えてしまうことにした。本当は三人で効率よく作業したいところだが、仕方がない。

「あの、占術師様はどちらへ……？」

「凜可馨はただいま、瞑想に入っております。雑事は占術を阻害しますからね」

我ながら、適当である。だが、慣れていた。

「そうなのですねー！」

九思は疑うことなくうなずいて、作業の続きをした。とても素直である。やりやすくて助かった。

しばらくすると荷物も片づいてくる。残るは夢鈴の私物だろうか。

「これって……印(いん)――？」

ふと、九思が屈んだまま声をあげる。中を見て固まっているようだ。不意に夢鈴がのぞき込むと……まずい。

「それは、いいえ、あの……その箱は結構ですよ。こちらの仕事をおねがいします」

九思が見ていたのは、泰隆の荷物だった。すべて奥の部屋に持っていったと思ったが、残っていたらしい。

夢鈴は思わず、九思の肩をつかんで離れさせようとする。

着衣は女物しかないはずだが、万一がある。泰隆の私物に男とわかるようなものが入っていては大変だ。

「は、はいっ……あ」

だが、勢いがすぎた。つい力が入ってしまっていたようだ。

九思の身体は思いのほかうしろによろめいて……部屋を仕切っていた簡易的な壁にぶつかる。

夢鈴は反射的に、倒れ込みそうな九思の身体を支えた。肩と腰に手を当て、抱きとめる。素早い反応も、日々の鍛錬の成果だ。

「大丈夫ですか？」

夢鈴が九思の顔をのぞき込む。九思は放心した様子で、ぼんやりと夢鈴を見あげていた。とりあえず、怪我はなさそうだ。

「ありがとうございま――あっ」

九思が口を開くうしろで、薄い板の壁がゆっくりと向こう側へと倒れていく。固定が甘かったのだ。気づいて、夢鈴は冷や汗をかいた。

間仕切りにしていた壁の向こうには――いま、泰隆を押し込んでいる。

「ぎゃッ」

潰れた蛙のような男の声が響いた。

壁に潰された泰隆を救出したのち、やむを得ず、九思にだけは事情を説明した。なんとか誤魔化せないかと思ったが、運が悪いことに……救出された泰隆の着衣が破れてしまい……無理だった。

しかし、最初はおどろいていたが、九思は意外と順応が早い。

「そうなのですね！　おまかせください。以前はお妃様の住む宮で働いておりました。隠しごとには慣れています！」

若干、不安になるような理解の早さである。だが、助かった。絶対に口外しないという九思の言葉を信じるしかない。

「それに、きっと大丈夫でございます。凜可馨様、いいえ、泰隆様は女性のように見目麗しい方ですから！」

九思が両手を叩きながら笑うと、泰隆はなぜか「ええ……？」と頭を抱えていた。

「もちろん、夢鈴様もでございます。お妃様のようにお美しいですし……それから、あんな風に抱きしめられると……」

両頰に手を当てながら、九思がうっとりと夢鈴を見た。

「すみません。九思が倒れそうだったので、ついうっかり。でも、平気でよかったです」

「いいえ。夢鈴様は、まるで、物語の殿方のようでした……！」

物語の殿方、というのがよくわからない。夢鈴は両親や姉の影響で書物は読んでいた。だが、物語の類はあまり好まないのだ。なんとなく……小さいころに姉から読み聞かせられた斬新すぎる物語が精神的外傷（トラウマ）として残っているのが原因だろう。内容はおぼえていないが、三日震えた。あれは、なんという物語だったのか。

しかし、見目の美しさは多少信頼していいだろう。結局は姉が身代わりになったが、夢鈴だって後宮に入宮するよう誘われた身だ。それなりに顔が整っているのは、まちがいない。無意味に謙遜する夢鈴ではなかった。

「ところで」

九思は壁をなおし、準備を終えた店内を見て不安そうに声を漏らした。

「どのようにして、ここへお妃様を呼ぶのでしょうか？」

その疑問はもっともだ。普通に宣伝したところで、このような場所に好んで来る妃はいない。だが、それは店が後宮の真ん中でも、同じことだろう。

新しいもの。しかも、いままで政や貴族の相談役としてしか活躍しなかった占術師という職業。それが後宮で「だれでも歓迎」と言ったところで、相手にされない。従来とは、いわゆる客層がちがうのだ。

だが、夢鈴は笑顔を崩さなかった。泰隆も、あまり不安はないようだ。

「それは、策がございますので安心してください」

市井に馴染みの薄かった占術で、客を店に呼んだ手腕を舐めないでほしい。また一からやり直している気分で、夢鈴は腕が鳴った。

三

神秘性の演出などと言っているが――正直なところ、占術は胡散臭いのだ。

たしかに、占術は高級品である。古来より時の為政者が重用し、政にも大きな影響をおよぼしてきた。いまでもそのほとんどは、一部の上流階級でしか用いられない秘術である。易々と庶民の手に届くものではない。

発達した西域文化なども入ってきている。古いものや根拠の証明しようがない事象を信じないという風潮も強まってきた。中途半端な口先だけの詐欺で占術師は務まらなくなっている。

なんと言っても欲しいのは――実績だ。

たしかな実績のもとに、信頼を得る必要があった。そのために夢鈴たちが行うことは、

「営業します」

店をかまえて待っていても客は来ない。

ならば、こちらから出向こうではないか。

「九思が後宮の噂話にも詳しくて助かりました。おかげで、当たりをつけられましたので。あのままでは、後宮で走り込みをしながら偵察するしかなかったです」

「走る必要は、ないんじゃないかしら。聞き込みしなさいよ」

「はい。走って聞き込むのです」

「ああ、うん……そうね……」

「おまかせください！」

後宮内を移動しながら、夢鈴は饒舌に語る。隣で歩く泰隆は、大きな声を発さないようにしていた。泰隆の声は男にしては高いし、まるで歌声のように聞き心地がいい。だが、やはり口は悪いし、長い時間会話していると男だとわかってしまう。あまり聞かれないほうがいい。

「虎麗宮は、もう少しです」

後宮の妃には当然のように、位による序列がある。

頂点たる皇后は不在だ。今代の皇帝は、まだ正妻たる皇后を選んでいない。

皇后に次ぐ地位が「四妃」と呼ばれる四人の妃だ。恵妃、麗妃、華妃、貴妃とそれぞれ呼称する。その下には、「六妃」が並ぶ。六妃より上にいるこれら十人の妃嬪をまとめて、上級妃嬪と呼んでいた。上級妃嬪には、それぞれの宮が与えられている。

いま、後宮で一番影響力があるのは上級妃嬪。ことに、四妃の面々だろう。

中でも、夢鈴は麗妃に注目した。

現在は、月氏の娘・雨佳がその地位に就く。月氏の麗妃ということで、月麗妃と呼称される場面が多い。

月麗妃に目星をつけたのには、理由があった。

今代の後宮において、「麗妃の位は呪われている」という噂が流れていたのだ。

まず、先代の麗妃を戴いていた蘭家は謀反を企て、一族郎党皆殺しとなっている。妃も例外ではなかった。むしろ、謀反の中心人物とされており、雀麗宮で斬り殺されたと聞く。皇帝との間に生まれた皇子も処刑されたらしい。

そのような惨劇の現場である雀麗宮には、夜な夜な死者の無念が彷徨って幽鬼となっているとか。雀麗宮の改装のため、下見に入った宦官が異界へ引きずり込まれたという話もあった。

雀麗宮には幽鬼がいる。呪われているのだ。

そういう風評が広まった。

このようないわくがついているため、なかなか次の麗妃も決まらなかったようだ。

苦肉の策として、雀麗宮の代わりに建設されたのが虎麗宮である。

だが、新しく虎麗宮を造ったからと言って、呪いが解決したわけではない。

虎麗宮ができたあとも、後宮において月麗妃の姿を見た者は、まだ一人もいないのだ。

妃嬪たちには、朝儀への出席が義務づけられている。しかし、月麗妃は四妃の位にありながら、一度も出席していない。茶会や宴席の類も、すべて断っている。

後宮へ入ってから、月麗妃は虎麗宮から一歩も出ていないのだ。

理由は「妃は病弱であるから」と説明されているものの、だれも詳しい事情を知らない。医官が出入りする様子もなかった。

「月麗妃の呪いを解決すれば、後宮での地位は龍のごとく上昇すると思われます」

夢鈴は得意げに言って歩く。泰隆のほうは、蓋頭の下で疲れた息をついていた。どうも、後宮に来てから憂鬱そうだ。

「顔色がすぐれませんね」

「当たり前でしょ。ここ、どこだと思っているのかしら？　後宮よ。こんな場所でおちつける男がいる？」

「大家とか？」

「そこは例外でしょうよ」

「宦官ですか」

「そうね！　でも、あたしはどちらでもないわね！」

後宮に入れる男は皇帝ただ一人である。それ以外は女か、男を捨てた宦官のみだ。

「よろしいではないですか。皇帝気分など、そうは味わえませんよ。贅沢な体験ではございませんか」

「……味わいたくなんかないわよ、そんなもの」

「そうなのですか？」

「皇帝がどれくらい大変か、あなたは知らないのよ。絶対になりたくないわ」

たしかに、夢鈴は知らなかった。

目の前に広がっている後宮。その奥にあるはずの皇城。それらがすべて皇帝の居城である。否、この都。それだけではない。この朱国がたった一人の持ちものなのだ。

贅沢なご身分である。これは、貧乏貴族の翔家で育った夢鈴の視点だ。泰隆はべつの視点で答えたので、少々面食らってしまった。

なるほど。考えてみれば、政を動かし、国の行く末を決めるのは皇帝だ。贅沢をして三食昼寝付で遊んでいるわけではない。歴史上には、そういう皇帝もいたのかもしれないが、少なくとも、現皇帝について乱れた話はなにも聞かなかった。

巷では、彼の半生を描いた英雄譚的な読みものが、ずっと流行っている。物語は読まない夢鈴でも、功績ぐらいはいくつか列挙できた。

「わたしの言葉が軽率でしたね……でも、大丈夫です。泰隆様はいま、女性ですので」

「あんたのその全肯定していく思考は嫌いじゃないけど、どうにかならないのかしら？」

「ありがとうございます」

「いまのは言葉どおりに受けとってちょうだいよ」

「わかっておりますよ」

「わかってないから言ってるのよ！」

「わたしのために、忠告してくださったのでしょう。わかっていますとも」

「………………」

そうは言いながらも、泰隆はいつだって優しい言葉をかけるのだ。口は悪いが、その性根は面倒見がよくて温かい。

夢鈴は知っている。

泰隆は夢鈴を救ってくれた。

初めて泰隆の占術を聞いたあの日、たしかに夢鈴は救われたのだ。

卑屈な心でゆがんで見えていた視界が開けて、世界が変わる。そんな体験をした。

占術には人を救う力があるのだ。

教えてくれたのは、泰隆だった。

広い後宮を歩いて移動するのは時間がかかる。しばらく歩くが、なかなか虎麗宮は遠かった。

妃嬪であれば輿に乗ることも許されるが、高明の嫌がらせで使えない。鍛錬代わりに走ろうと提案したが、泰隆に却下された。

「あなた方」

そんなこんなで辿りついた虎麗宮の前なのに、夢鈴たちは足止めを食らってしまう。

虎麗宮の前には、門番のように、侍女たちが立っていた。入り口はすぐそこなのに、阻まれている。

虎麗宮は菊花殿とは比べものにならぬほど豪奢であった。鳳凰のように広がった屋根には、見事な虎をかたどった瓦が輝いている。朱色に塗られた柱の一本一本には錦の飾り絵が描かれていた。梁の彫刻も細やかである。一つひとつが芸術品のよう。さすがは、妃嬪、それも四妃の住む宮だ。当たり前だが、日陰部屋を間借りしている夢鈴たちとは扱いがちがう。

「虎麗宮に何用ですか」

厳しい表情をした侍女たちが問う。

夢鈴は泰隆よりも前に出て、恭しく一礼した。

「占術師の凜可馨でございます」

「占術？」

侍女が眉を寄せる。だが、夢鈴は臆さず続けた。

「文を出しているはずですが」

「そのようなものは知りませぬ。月麗妃はだれにも会いません」

「わたくしどもは、まだ月麗妃へのお目通りを乞うておりません。それなのに、月麗妃への拝謁希望だと知っているのは、文が届いている証しでございますね」

「な……」

夢鈴は先んじて、虎麗宮には月麗妃との面会を乞う文書を送っている。もちろん、無視されたわけだが、それをこの侍女も読んだのだろう。夢鈴の指摘に返す言葉がないようだった。

「とにかく……月麗妃は、だれともお会いになりません。お帰りください」

強い口調であった。普通であれば、「はい、そうですか」と帰らざるを得ない。夢鈴は一瞬、泰隆を確認した。

「………」

泰隆は侍女ではなく、虎麗宮に視線を向けている。なにか気になる点でもあるのだろうか。しかし、虎麗宮はすべての窓に帳がおろされていて、中を見ることはできない。まるで、見せないようにしているようだった。

　泰隆はなにを見ているのだろう。どこに視点を向けているのか、夢鈴にはわからなかったが……この様子なら、大丈夫。夢鈴は唇に笑みを描いた。

「そうはいきません」

　夢鈴は臆さず侍女の前に迫る。両手をあわせて、目を閉じ、一礼した。あまりに夢鈴が自信のある表情をするので、侍女は口を噤む。

　このような「はったり」には慣れていた。

「ここで月麗妃と凜可馨が出会うことは、星に運命づけられているのです」

　明朗な声で告げると、だれもが無言になる。肌に緊張感も伝わった。

　夢鈴のうしろで、泰隆が小さく息をつく気配がする。逆に侍女たちは息を吞んで、こちらの様子をうかがっていた。

「そうでございましょう、凜可馨？」

　夢鈴はしっとりとした声で問いながら、泰隆をふり返った。泰隆が蓋頭の下で表情をゆがめた気がする。

　もちろん、夢鈴に策は――ない。泰隆なら、なにか考えがありそうだ。そういう丸投げ、ではなく、信頼のもとに発言した。

泰隆が駄目だと思えば、すぐに「帰ろう」と言うはずだ。しかし、今回はそれがなかった。ここは夢鈴が気を利かせて話を繋げたのだ。

夢鈴は泰隆の通訳役である。彼の考えを適確に読みとって代弁するのだ。もうこのような場面には、何度も遭遇している。

「…………」

泰隆はあきらめた様子で、前に出る。

「あたし、あなたの選ぶものを知っているわ」

泰隆が言葉を短く発した。声が高めで澄んでいるので、このくらいなら男とはわかりにくい。泰隆のほうも、意識してそのような声を出しているようだった。夢鈴は内心で冷や冷やしながら侍女の表情を見たが、やはり泰隆を疑う気配はない。

ただ、泰隆が前に差し出した布袋を見つめている。金糸(きんし)の刺繍(ししゅう)が施された立派な小袋だが、とくになんの変哲もない。

泰隆はその布袋を侍女の手ににぎらせた。侍女は不思議そうに、布袋を観察している。

「まだ開けては駄目」

泰隆はできるだけ短い言葉で侍女の行動を制止した。

夢鈴まで緊張してしまう。なにせ、夢鈴を介さずに泰隆が話すことは、あまりない。

いつもの口の悪さが出ないか心配であったし、男だと露見するのも怖かった。

だが、相手との距離を隔てる御簾はない。雰囲気作りに利用する薄暗さや、思考を惑わす芳香もなかった。ここでは夢鈴をとおすより、泰隆が直接対話するほうがいい。

「白と黒、どちらが好きかしら？」

問いに、侍女が戸惑いながら口を開く。

「白……です。白は虎麗宮の色にございます」

四妃の宮では、朝儀や宴席など公の場に出席する際、それぞれ着物の色が決まっている。虎麗宮の妃嬪は白い着物をまとう。侍女の選択は当然のように思えた。

「そう。では、白の衣をまとう麗妃には、どのような宝玉が似合うかしら。紅？蒼？」

「……蒼です。本日はよく晴れております。天と同じ色を身につけるほうが、よろしいかと」

「なるほど。では、侍女のあなたは主とちがう色の髪飾りをつけるべきね」

「そうですね。その場合は、私は紅の簪（かんざし）にいたします」

侍女は主を引き立てねばならない。同じ色の宝飾品を身につけないのが常識であった。それは後宮の外でも、内でも同様だ。

「では、中を見なさい」

泰隆にうながされて、侍女は訝しげに布袋の紐を解く。ずっと彼女がにぎっていたものだ。なんの細工もしようがない。

「え……嘘？」

中から出てきたのは紅玉の簪であった。凝った意匠だが、清楚でひかえめなものである。

まさしく、侍女が選んだ品だった。

侍女は両目をしばらく見開いておどろいている。どのような仕掛けがあるのか、頻りに簪を観察するが、なにも見つからない。

「おわかりいただけましたか？　月麗妃にお目通りをおねがいします」

すかさず、夢鈴は侍女に呼びかけた。

「え？　え、ええ……いえ、しかし！　月麗妃はお身体が弱いのです。お引き取りください」

侍女はすぐに表情を改める。半信半疑と言ったところだが、まだ押しが足りないらしい。

これくらいで動く程度なら、月麗妃が人前に現れないのはおかしい……ずっと虎麗宮にこもって姿を見せない月麗妃。呪いという噂もあるが、果たして本当に体調不良なのだろうか。

「八の陰」

部外者を帰らせようとする侍女に、泰隆が静かに述べる。なんのことかわかっていない侍女に、泰隆はこう続ける。

「月麗妃の運命数よ」

数術（すうじゅつ）だ。対象者の誕生日や姓名をもとに数字に置き換えて、運勢を占う。

泰隆は朱国の古来からの占術以外に、西域から伝わった占術も駆使する。むしろ、西域由来のほうが得意であった。だからこそ、店の雰囲気作りも、西域に寄せているのだ。

数術は西域の「数秘術」が朱国に伝わったことで独自に変化した占術だ。占術は時代や地域、占術師によっても法則や解釈が変わる流動的なものである。泰隆はその都度、適した方法を選択していた。

泰隆が月麗妃の運命数を告げたため、夢鈴は前に出る。

「八の陽は……活力にあふれ、統率力のある人物が持つ数字です」

夢鈴は予備知識から解釈を述べる。とにかく、泰隆が声を発する回数を減らそうと思った。

数術は、その人物の生まれ持った運勢を見ることになり、基本的に生涯変動はしない。

「しかし、陰の場合、強い試練を引き寄せる暗示がございます」

「…………」

侍女の表情が一瞬だけ動いた。その瞬間を、夢鈴は見逃さなかった。無論、泰隆にも手応えがあったらしい。

「時に人を寄せ付けず、孤独となりやすい運命でもあるわ。自分の魅力を活かせない……あるいは、活かす機会を与えられない」

泰隆は言葉を発しながら、侍女の様子を観察しているようだった。反応を見ながら、どこを掘り下げるのか見極めている。

そもそも占術とは、妖術や仙術のような不思議な力ではない。そして、泰隆の占術は「ただ占術の結果を述べるだけ」の無責任なものではないのだ。

相手がどのような背景を持っているか。さらに、どんな運命を歩みたいのか――そのために、なんと言葉をかけるのが最適なのか。どうすれば、相手の行動を引き出せるのか。

そこを読み解き、導いていく。

夢鈴と出会ったときと同じ。

占術は「人を導く」のである。

「月麗妃――月雨佳について調べたけれど、結構な世間知らずの箱入り娘よね」

「せ、世間知ら……ず!?」

泰隆の評価に侍女が思わず顔をゆがませていた。駄目だ。泰隆を喋らせすぎてしまった。男とはわかっていないが、いつもの口の悪さが漏れつつある。夢鈴は満面の笑みを装いながら、泰隆を押し退けた。

「お屋敷で大切に育てられてきたのだと、凜可馨は言っております。そのようなお嬢様が後宮でお過ごしになるのは、とても多くの苦労があるかと存じます。身の回りのお世話係は、すべてお屋敷からいらした方々でしょう?」

「それは……そうですが」

侍女は言い淀みながらも、否定できないようだった。事前情報と一致する。月麗妃には兄弟がおらず、ずっと屋敷の中で大事に育てられてきた。父である月氏は厳格な人物で、娘を外にはあまり出さなかったらしい。

「――――」

そこで、泰隆が夢鈴に耳打ちした。さきほどの反省をしたのだろう。ここからは、夢鈴に交渉をまかせてくれるようだ。

「さぞ、不安も大きいことでしょう」

「………………」

侍女は黙っていた。もうなにも答える気がなさそうだ。これ以上は、深掘りされると察しているのだろう。

「自ら、虎麗宮にこもってしまうほどに」

「…………！」

明確な反応を得られた。夢鈴も半信半疑だったが……当たっていたらしい。

「とにかく……本当に駄目です。お帰りください！　衛士を呼びますよ！」

侍女は半ば強制的に話を切りあげ、二人を追い返そうとする。さすがに、これ以上は粘れないだろう。仕切りなおす必要があった。

けれども、泰隆は押し戻そうとする侍女の肩をつかむ。下手に触れると男だとわかってしまうかもしれない。だが、そんなことなどはばからず、彼は一歩、二歩と虎麗宮に近づいた。

なんのつもりだろう。夢鈴は心臓が止まりそうだった。

「明日は雨よ！」

泰隆は大声で虎麗宮に向けて叫んでいた。よく澄んだ声が響き、壁から木霊（こだま）が跳ね返ってくる。

「当たったら、西を見なさい！」

それだけ告げると、泰隆は踵（きびす）を返した。早足で虎麗宮から遠ざかる泰隆のあとを、夢鈴はついて歩く。虎麗宮の侍女たちは呆気にとられたようで、追ってくる様子もない。

「泰隆様」

虎麗宮が見えなくなったころ。泰隆の行いが気になって、夢鈴は解説を求めた。

「そんなことも、いちいち聞かなきゃわからないのかしら」

「もうしわけありません。泰隆様がわたしをご評価くださるのは嬉しいのですが、今回はよくわからなかったのです。まず、どうして侍女が紅の簪を選ぶと知っていたのですか？」

「え、そこからなの？　あんた、莫迦？」

「もうしわけない限りです」

泰隆は最初から侍女に簪の入った布袋を渡していた。侍女が選んでから細工する余裕などなかったはずだ。

「あれはね。彼女が選んだんじゃなくて、あたしが選ばせたのよ」

「選ばせた？」

夢鈴は二人の会話を思い返す。

泰隆はまず、白と黒を侍女に選択させた。侍女は自らの意思で、「白」を選んだ。

次に、泰隆は「白の衣にあう宝飾品の色」を問うた。侍女は「主の月麗妃には蒼、自分は紅」を選び……布袋から紅の簪が出てきた。

「最初の白と黒の選択、あれはどっちでもいいわ。彼女の好きなように選ばせた」

「黒でもよかったのですか？」

「黒でも、紅い簪は似合うものでしょ？」

「たしかに」

「次の二択は、紅と蒼。彼女は蒼と答えたでしょう？　でも、あたしが選ばせたいのは、紅なのよ」

「あ……」

ここでようやく、夢鈴は理解する。

侍女は月麗妃の宝飾品の色を「蒼」とした。そのあと、泰隆は「侍女のあなたは主とちがう色の髪飾りをつけるべきね」と告げたのだ。これは、紅に誘導するため。そして、「簪」という言葉を引き出すために「髪飾り」とまで言っている。考えてみれば、会話は泰隆によって誘導されていた。

逆に侍女が「紅」と答えていれば、そのまま布袋を開けさせればいい。そこには、白い衣に似合いそうな紅い簪が入っているのだから。

種明かしをすれば簡単なことである。

「では、月麗妃が自分で虎麗宮にこもっていると思ったのは……？」

「それも聞くの!?」

「面目ないです……反省して、空気椅子を」

「しなくていいわよ、暑苦しい！」

泰隆は軽く頭を抱える素振りをしたが、長く息を吐く。

「今日、天気いいでしょ」

「はい？　そうですね？」

夢鈴は空を見あげる。青く澄み渡った空が清々しかった。このような日は、外に出て日光浴でもしたい。

燕が風を裂くように、二人が歩くすぐ近くを横切った。どこかの軒に巣でもあるのだろうか。とても低い位置を飛んでいる。

「それなのに、虎麗宮の帳はすべて閉まっていたわ。なぜかしら」

「中を……見せたくないからですか。でも、ご病気なら、月麗妃も他の者に姿を見られたくないのが普通では？」

「だったら、もっと厳重に施錠しておくと思わない？　虎麗宮の外では、侍女が何人か見張っている程度。そもそも、医官が通っている形跡もないって、来る前に確認したわよ」

「たしかに……」

「自分からこもっていると考えるのが妥当ね」

月麗妃の経歴とあわせても納得がいった。彼女はずっと貴族の箱入り娘として屋敷で育っている。他人と接するのが億劫なのは推測できるが……それが虎麗宮から出てこない理由なのだろうか。

「いろいろあるのよ。人って」

微妙に引っかかりをおぼえていた夢鈴だが、泰隆の言葉で口を塞ぐ。

人の事情など様々だ。だれかにとっては大切なものでも、べつのだれかにとってはとても軽かったりする。それはだれだって同じだ。

夢鈴も。

「でも」

泰隆は空を仰いだ。陽射しによって、蓋頭がふんわりと透けて見える。女性のように美しい横顔を、夢鈴は思わずながめてしまった。

「月麗妃だって、変わりたいと思っているわ」

「そうでしょうか？」

「明日必ず出てくる」

泰隆は自信を持って断言した。

いつもそうだ。泰隆の言葉は自信にあふれている。そして、見ているこちらを力強く導いてくれるのだ。

口が悪くてすぐに他人との軋轢を生むが、性根はちがう。他人の道を照らす強さを持った優しい人なのである。

そんな泰隆の言葉に……夢鈴も導かれてきた。

——ひどい醜女……不幸が向こうから寄ってくる顔だな。

夢鈴と泰隆が初めて出会ったのは、路上であった。

情けのない話だ。交際していた商家の息子が失踪したあと、二月も立ちなおることができなかった。姉は後宮へ行き、導いてくれる人もいない。両親もどうすればいいか、わからずに腫れ物のように扱った。

毎日毎日、恋人のいた店に通う。だれもいなくなった店は寂れていて、やがて、べつの商人が買い取った。時が流れても、夢鈴だけが前に踏み出せなかったのだ。

その日も、夢鈴は同じ道をとおって、恋人に会いに行った。そして、なにもしないまま時がすぎるのを待つばかり。

夢鈴は自分がこんなにも弱いのだと、初めて知った。

そんな夢鈴に声をかけた男は、泰隆と名乗った。身なりはよさそうだが、苗字は告げない。胡散臭い男だと思った記憶がある。

——放っておいてください。もう、どうでもいいのです。

夢鈴はそう言って、膝を抱えた。いつもの定位置である。道の端に位置する木陰に座っていると、人通りの邪魔にならない。そして、恋人の家だった場所がよく見えたのだ。

泰隆はしばらく夢鈴を見おろしていたが、やがて目線をあわせるように膝を折る。

——悪いが、視界に入ってしまった。邪魔で仕方がないんだ。目障りだから、消えろ醜女。運気が落ちる。

ひどいことを言う人だ。

たしかに、そうなのだが、あんまりではないか。夢鈴はさすがに眉を寄せた。しかし、そんな夢鈴の前に泰隆は、なにかを差し出す。

絵の描かれた札であった。星の形が八つと、それを作る職人。

——五芒星（ペンタクル）の八。おまえは真面目で一途、実直さが取り柄かな。さしずめ、男にでも捨てられていまに至るというところだろう。そうさな……何日も見ているあの家。前の主は借金を抱えて出ていったと聞くが。若い息子もいたらしい。男に夢中になりすぎたか？

知ったような言い草だった……考えて、すぐに彼が夢鈴のことを何日も見ていたからだと気づく。泰隆はずっと夢鈴を観察していたのだ。商家についても調べたうえで、いま、夢鈴に話しかけている。それを悟った瞬間、夢鈴は泰隆の顔を初めて確認した。綺麗な顔だ。男なのに、息を呑むような美しさだった。空からおりてきた天女のようだ。

そして、穏やかに笑っている。

とても口が悪くて腹も立つが、その表情が優しそうに見えてしまったのだ。夢鈴には、こちらのほうが彼の本性だと思えた。

泰隆は夢鈴の前で、もう一枚の札を引く。今度は暗い絵柄だ。台の上に乗っている男は、なにをしているのだろう。

——おまえのこれからについてだが……五芒星の三。なかなか悪くない引きだ。捨てたもんでもない。

——これから……？

——未来ということだ。西域の占術だよ。滅多に見せないが、おまえがあんまりにも醜女だったからな。

——占術、ですか……？　この札は、護符ですか？

——これは、西占牌（さいせんぱい）。ただの道具だ。西域の絵柄だから、珍しく見えるだろうが。

こいつに朱国の占術の概念をあわせた易占牌（えきせんぱい）もあって……それはどうでもいい。事象の巡りあわせを読み解いて伝えるのが占術。まじないとは性質がまったく異なるものだ……醜女のうえに、ものを知らないのか。莫迦が。

泰隆は引いた札を夢鈴に差し出した。夢鈴はつい札を受けとってしまう。

占術など馴染みがない。高貴な術であると、薄ら知識があるだけだった。だから、札を見てもあまり実感がわかない。

そんな夢鈴に泰隆は、この札一枚一枚に意味があり、これをもとに泰隆の解釈を交えながら占術を行うのだと説いた。卜術というらしい。夢鈴が考えていた占術よりも、ずっと単純で地味だ。なんだか拍子抜けする。口は悪いが、とてもていねいに解説してくれた。

——この札を引いたのは偶然だ。だが、これを引き寄せたのは、運命でもある。占術は意味を読み解いて伝えるだけの手段にすぎない。その結果を受けて行動するか、しないかはおまえ次第だ。

——行動……？

——すべて、おまえ次第。おまえの責任だ……この札は、これまでの努力が認められる、または、表に出なかったものが開花する暗示。なにか得意なものは？

夢鈴は札の絵を見ながら顔をしかめた。こんな絵札になんの意味があるというのだろう。ただの札である。これが自分の未来だと言われたところで、ありがたみもない。

けれども、夢鈴はすぐに自分の得意について考えてしまっていた。まったく信用していないのに……この胡散臭い札ではなく、目の前にいる彼の言葉に惹かれているのだと気づく。

恋人の店が上手くいっていなかったのは知っていた。

夢鈴はいつか嫁いだら、こうしよう、ああすれば面白そうなのに、そんな計画ばかり考えていた。都で流行りの貸本屋へ行き、利用できそうな書物は読んだ……嫁入り前の女が商売に口を出すのはよくないことだったし、相手を信用して黙っていたが……結局、活かす機会はなかった。今思えば、夢鈴は世間体など気にせず動くべきだったのだ。

泰隆は夢鈴の答えを聞く前に立ちあがる。

――少しはいい顔になった。最初は見ていられないほど醜女だったからな。

まだ夢鈴はなにも言っていない。だが、泰隆はそれだけを残して歩いて行ってしまう。その流れが呆気なさすぎて、引きとめる間もなかった。

夢鈴はしばらく考える。

自分が取るべき行動はなにか。すべて夢鈴次第で、夢鈴の責任……そう思うと、自分がいかに生産性のない日々を過ごしていたか自覚する。否、自覚はしていた。ただ……きっかけがなかったのだ。

翌日、夢鈴は再び同じ場所に立った。今度はぼんやりと恋人の家だった場所を見ているわけではない。

行き交う人々を観察した。すると、いままでとはちがう景色に見える。一人ひとりが、どのような人相なのか。服装は。性別は……それぞれが異なった。いつもと同じ場所なのに、まったくべつの世界だ。

不思議なことに考え方も変わったように思う。恋人が夜逃げしたのは、きっと、自分には相応しくなかったからだ。そして、やはり姉の言うとおり、恋などにかまけてはならないという天啓だったのだろう。

そう考えると、とても思考が明るくなった。なんでも肯定的にとらえると、世の中の見え方が一気に変化するのだ。

健全な精神は、健全な肉体に宿ると聞いた。姉の教えてくれた言葉の一つだ。弱い心を脱するために、夢鈴は身体を鍛えようと決意する。

夢鈴は街中で、懸垂をした。近くの庇（ひさし）がちょうどよかったのだ。幸い、お店の主人は夢鈴の懸垂を許してくれたし、いつの間にか、看板娘のように道行く人々からあいさつされるようになった。効果は上々。気分も明るくなり、ますます前向きになる。

そうやって、何日も過ごした。何日も何日も。明るくなった世界を楽しむかのように、夢鈴は街の様子をながめて懸垂を続けた。疲れたら休み、今度は下半身の屈曲運動をする。

ある日、再び夢鈴の前に泰隆が現れた。

泰隆は夢鈴がまた同じ場所にいるのを見て、理由をたずねる。ついでに懸垂の意味も。けれども、最初とはちがう。純粋に興味があるようだった。

そして、彼は夢鈴の答えに両目を見開く。

――もう一度、泰隆様にお会いするためです。お預かりした札を返しておりませんでした……それから、わたしを助手にしてほしいのです。

――助手？　は？　懸垂女を？

――はい。懸垂女です。

――うわ。開き直った！

――わたし……泰隆様の占術に救われました。身体を鍛えようと決意したのも、その一つです。あのあと、なにができるか考えたのです。ぜひ、泰隆様のお手伝いをしたいと思いました。

――は？　莫迦か？

――まず、その口の悪さです。非常によくないと思います。矯正しましょう！

――え、おまえ人の話を……。

――わたし、商家に嫁ぐ用意があったのです。経営戦略でしたら、おまかせください。泰隆様の占術は、もっと多くの人を救うべきです。

――は？　え？　……え？

押しかけだ。強引だ。身勝手だ。と、散々罵られた。けれども、結局泰隆は夢鈴を受け入れてくれる。

実のところ、泰隆がどこのだれなのか、よくわからない。姓を教えてくれなかったからだ。住んでいる場所は知っているが、占術を生業にしている割には、質素な荒(あば)ら屋だった。

泰隆は「口の悪さが災いして占術の仕事を干された。もう俺の名で占術はむずかしい」と言っていたが……ありそうな理由ではある。実際、彼の口の悪さは筋金入りだった。丸く聞こえるように、女言葉を話して女装するように説得したのは夢鈴だ。泰隆の名が使えないなら、なおさら、隠したほうがいい。それから店をはじめて、軌道にのせるまでは大変だったが楽しかった。

あのとき、泰隆からもらった札を、夢鈴はまだ持っている。

この札が夢鈴に生きる気力と目的を与えたのだ。泰隆から声をかけられなかったら、夢鈴はずっとあの場所で死んだように過ごしていたかもしれない。

札を引いたのは夢鈴の運命だ。けれども、夢鈴は泰隆がその運命を引かせてくれたのだと信じている。そして、夢鈴に行動する力をくれた。

きっと、彼の占術は多くを救う。そう信じて、この仕事をしたいと思ったのだ。それに、夢鈴にはわかる。

泰隆は口が悪いだけで、根は優しい。

目の前で困っている人間は必ず救う。いままでの客だって、そうであった。夢鈴のことも、見ず知らずなのに、わざわざ言葉をかけてくれたのだ。口が悪くて上手くいかないだけである。

「泰隆様が言うのなら、きっとそうでしょう」

「あん？　なにか言った？」

「はい、言いました」

すっかり思い出にふけってしまっていた。

夢鈴は笑いながら、再び空を見あげる。蒼天がとても気持ちいい。

泰隆は明日、雨だと言った。そんな天気には見えないが……なんとなく、泰隆が言うならば、雨になるのだろうと思う。

そう考えた。

四

「明日は雨よ！」

虎麗宮の内部にまで、よく澄んだ声が響いた。

それを聞いて、妃は肩を震わせる。

「当たったら、西を見なさい！」

虎麗宮の前に立ち、声をあげる人。顔は見えないが、背が高くて線が細く、それだけで美しいのだとわかった。ここは後宮で、佳人など何百、何千といるのに、不思議と視線が釘付けとなり……そして、蓋頭の下から、こちらを見ている。

目があった気がした。顔が見えないのに。

その瞬間、妃――月雨佳は窓から離れた。急いで帳を閉める。

胸が大きく鼓動していた。このまま心の臓が飛び出て死んでしまうのではないか。

雨佳は自分をおちつかせようと、ゆっくり息を吸って吐いた。

占術師が面会を希望している。

そういう文書が届いたと聞いた。もちろん、無視するよう、侍女たちに伝えている。

実際、侍女たちは雨佳の指示どおり、虎麗宮に占術師を入れなかった。

だが……どうしてだろう。それは好奇心だったかもしれない。

それとも、引っかかっていたのだろうか。

『凛可馨は、必ず月麗妃をお救いいたします』

ほとんど読み流したが、この一文だけは雨佳の目に焼きついて離れなかった。

だから……窓から外を見てしまったのかも。ほとんどなにを言っているのかわからなかったけれど、占術師とその付き人は、なんとか雨佳に会おうとしているようだった。

後宮では麗妃などという位を戴くが、雨佳が妃の役割を果たしたことは一度もない。後宮に来てから、雨佳は虎麗宮に閉じこもったままであった。

ずっと、月家の屋敷で育ってきた。

雨佳の行動は、すべて父が決めている。父が外には出るなと言えば、遵守しなければならない。

ときどきしか屋敷へ帰らない父。顔を見る機会も少ないが、その言葉は絶対であった。母も逆らえず、使用人たちもひれ伏している。雨佳も見様見真似で、同じように振る舞うしかなかった。

外へは出るなと厳命される一方で、琴を習え、詩を詠めと、名家の公主としての素養を一式身につけさせられた。政の道具として嫁ぐため。政略結婚など、当たり前だ。

女子はそうやって育てるものだと言って聞かされた。

どこかへ嫁げば、今度は旦那様の言うことを聞けばいい。女は男に従って生きるものだ。それが雨佳に与えられた道なのだと思った。

だが、十五になったころ。雨佳に用意された嫁ぎ先は――この国の主君。数多の妃がいる後宮への入宮だった。

そこには、雨佳に命令する父はいない。新しい旦那様となるお相手にも、多くの妃がいて、会いにも来ない。

だれも、雨佳に命令をしてくれなかった。

後宮の女官や宦官たちは、雨佳に「朝儀へ出ろ」とか「皇帝の気を惹く努力を」、「他の妃嬪とも交流を」と言ってくる。

けれども、それはあくまで提案なのだ。雨佳が拒めば、すんなりと引き下がってしまう。強制力などない。実際、虎麗宮を出なくても、なんの咎めもなかった。

雨佳を後宮に入れた父親から叱咤の文さえ届かない。雨佳がどのように過ごしているかなど、伝わらないはずがないのに。もちろん、旦那様である皇帝からも、なにもない。雨佳は一度も皇帝の顔を見ていなかった。

後宮に入るのは、皇帝の子を産むためだ。しかし、今代の皇帝にはすでに寵妃が二人もいるらしい。他の妃たちは半ばあきらめていると聞く。

そんな後宮において雨佳の役目は、きっと「月家の娘が麗妃の位にある」という地位なのだと悟る。後宮に入り、その位に座すことに意味があった。

そういう存在だからこそ、父もなにも言わないのだ。

ずっと、このまま雨佳を守ってくれる侍女たちに囲まれて暮らせばいい。だれも咎めないし、なにも強要されないのだから。

「ご安心ください、雨佳様。怪しげな占術師どもは追い返しましたので」

侍女たちが報告するのを、雨佳は聞き流した。だれも雨佳がこっそりと窓の外を見ていたことには気づいていないらしい。否、気づいていても、知らないふりをしている。どちらでもいいと思った。

「そう」

雨佳は興味なさそうに振る舞いながら、寝台で膝を抱えた。ほとんど部屋で過ごすことが多い。白い肌と、細い身体が自分でも心許なかった。

「ありがとう、さがっていいわ」

雨佳が素っ気なく言うと、侍女はすんなりと退室した。やはり、ここでは雨佳に逆らう者などいない。なにをやっても、自由なのだ。

独りで部屋に残され、雨佳は息をつく。寝台の足元には、読み散らかした書物。枕もとには、燭台があった。物語を読むことくらいしか楽しみはない。

『凜可馨は、必ず月麗妃をお救いいたします』

捨てたはずの文書の一文だけが、頭に引っかかっていた。

雨佳は緩慢な動作で身体を起こし、窓に歩み寄る。しっかりと帳を閉めたつもりでも、外からの光は漏れて、室内まで入りこんでいた。

光の筋に手を伸ばしても、なにも触れることはできない。

雨佳は隙間から外をのぞいた。

とてもいい天気である。目がくらむほど陽射しが強く、思わず目を閉じてしまう。

本当に、明日は雨なのだろうか？

あの占術師の言うとおりに、なるのだろうか？

翌日、自然と目が覚めた。

雨佳のもとには、だれも起こしに来ない。ときおり、目が覚めると夕暮れの日もある。月家の屋敷では、もっと規則正しい生活をしていたはずなのに。

窓の外から音がする。

雨佳は寝台から身体を起こした。帳から光が漏れているのに、どこか暗い印象を受ける。まだ夜というわけでもなさそうだ。

もしかして。

雨佳は、そっと窓に近寄った。

確かめないと。

「…………」

意識的か、無意識的か。西側の窓へと引き寄せられた。雨佳は半信半疑のまま、帳に触れる。すると、窓からは冷たい色の光。そして、硝子(ガラス)の外が濡れているのがわかった。

「雨……？」

雨佳はつぶやきながら、窓を開ける。確認したくて、つい気持ちが逸(はや)ってしまう。硝子に触れると、冷たさが気持ちよかった。月家の屋敷も立派であったが、虎麗宮は格別に贅沢な造りである。このように大きな硝子窓など、高価すぎる工芸品だ。

本当に雨が降った。

あの占術師の言ったとおりになってしまったのだ。

「あ……」

窓を開けた瞬間、雨佳はつい声を漏らす。

「やっと会えましたね。月麗妃」

窓の外には、二人立っていた。

雨佳を待っていたのだ。

一人は、顔がよく見えない。背が高くて線が細いのだけはわかる。それなのに、どことなく不思議で綺麗な人であると思った。

もう一人は、人好きのしそうな笑顔の娘だ。見ているだけで安心する。しなやかでまっすぐな黒髪は、いかにも後宮の女性という風貌だ。けれども、妃嬪ではなさそうだった。

不思議な二人組だ。

そして、彼女たちは先日の占術師だと気づいた。

五

その日は、泰隆の言ったとおりに雨だった。

「雨の前は、鳥の餌になる小さな虫が低い位置を飛ぶのよ。だから、燕も地面のすれすれを飛ぶの」

「へえ……雲の形を見たらいいというのは、知っていましたけど」

そう泰隆から説明されて、夢鈴は両手を叩いたものだ。

「泰隆様は天気にも詳しいのですね」

「まあ、天気を読むのも仕事だったから……あんたみたいに、呆けっと生きているわけじゃないのよ」

「占術に天気？　ああ、星も詠まれるからですね」

泰隆は様々な占術を駆使する。前に、星も見ると言っていたのを思い出し、夢鈴は疑問を自己完結させた。泰隆は「まあ、そうね」と適当な返事をしている。

雨の中、そんな会話をしながら、ただ雨佳を待った。

昨日、この窓が少し開いていたのだとか。そのようなところまで観察していなかった夢鈴は、すっかり感心してしまった。泰隆はいろんなものを実に細かく見ている。

「さすがに冷えますすね」

傘を差しているとはいえ、肩が濡れる。夢鈴は両腕をさする動作をした。

「入る？」

すると、泰隆が顔を隠すための蓋頭を少し広げてくれる。広めの掛け布なので、多少は温かくなりそうだった。

口は悪いが、気遣いはしてくれる。

「いいえ、泰隆様。身体を動かして温めますから平気です」

「人の好意は受けとりなさいよ。鍛錬莫迦娘」

健全な肉体を褒められてしまった。夢鈴が胸を張ると、泰隆は「なんでそうなるの……」と頭を抱える。

「あ、泰隆様」

けれども、そうしている間に、虎麗宮の中でなにかが動くのが見えた。帳が開いたようだ。次いで、大きな硝子がはまった窓も開く。

夢鈴は笑顔を作った。こちらを見る妃は、怯えた様子だ。

「あ……」

夢鈴は優しく手を差し出す。

「やっと会えましたね。月麗妃」


月麗妃はおどろいていたが、思いのほか簡単に、夢鈴たちを虎麗宮へと迎えてくれた。夢鈴と泰隆は虎麗宮の者に案内されて、応接室へとおされる。

虎麗宮は外から見たとおり、どこもかしこも帳がさげられていた。薄暗くて神秘的……ではなく、薄気味悪い。不気味で寒気がした。

このような雰囲気は外にも漏れ伝わるものだ。虎麗宮が呪われているというのは、前の麗妃の噂話だけが原因ではないだろう。

それでも、夢鈴たちが暮らす菊花殿などに比べると非常に壮麗だ。力強い虎をかたどった飾り柱や壁画、ふんだんに使用された宝玉の数々が見事であった。回廊の窓には、すべて硝子がはまっており、とてもお金をかけているのがわかる。

ずいぶんと普及したとはいえ、硝子は高級品だ。それも、窓に使うとなると形成技術の高さが求められる……惜しむらくは、せっかく硝子がたくさん使用されているのに、帳で充分な採光ができないことだ。

これだけの宝があったら、後宮に入った姉を連れ戻すなど容易いのに。青楓は、後宮のどこでなにをしているのだろう。あとで九思に聞いてみるか。しかし、青楓は捜すなと言っていた……。

「月麗妃がお成りです」

応接室で待たされていた夢鈴たちの前で、侍女が告げる。昨日、門前で対応した侍女だ。心配そうな顔をしながらも、部屋の外に立つ月麗妃を導く。

現れた月麗妃は、華奢な妃であった。白の襦裙によって、手足の細さが際立って見える。金糸の刺繍で描かれた虎は見事だが、服に着られている印象だ。彼女には、もっと繊細な柄が似合いそうだが……ここは虎麗宮。白い衣と、虎の柄は麗妃に定められた装いなのだ。

それにしても、後宮で麗妃の位を戴くだけはあった。儚い花のような佳人である。長い髪は深い黒だが、光の加減で少しばかり青みを帯びていた。白い肌は不健康にも見えたが、透明感があって触れるのもはばかられる。

「あ、あ……あの……」

月麗妃は唇を震わせながら開いた。怯えている。警戒する小動物のそれだ。

「はい、月麗妃」

夢鈴は怖がらせないように笑顔を作った。月麗妃はしばらく、夢鈴の顔を見て口を開閉していたが、やがておちついてくる。目尻に涙を浮かべながらも、対面の椅子に座った。侍女たちが茶と簡単な菓子を並べる。夢鈴たちを客人として扱ってくれるようだ。

「このたびは、虎麗宮へのお招き、ありがとうございます」

「…………」

月麗妃は黙ったまま小さくうなずいた。何度も茶に口をつけているのは、緊張しているからだ。心が安まらない状態では、じっくり話もできない。

夢鈴は懐を探る。そして、自分の財布を取り出した。

「月麗妃。ちょっとしたお遊びをいたしましょう」

「…………？」

怯えてなにも言わない月麗妃の前に、夢鈴は一枚の銀貨を出す。財布の中で、一番高い貨幣である。碧蓉から前金として受けとった給金の一部だ。これから金貨を増やしたいところである。が、それはいまはべつの話だ。

夢鈴は銀貨を右手で月麗妃に示す。

「お確かめください」

そう言って、夢鈴は月麗妃の手に銀貨を両手でしっかりとにぎらせる。月麗妃は惚けた様子で夢鈴を見ていたが、やがて銀貨を入念に観察しはじめた。

「なにか変わったところはありますか？」

「い、いいえ……なにも……」

「そうですか」

月麗妃から返してもらった銀貨を、夢鈴は右手で持つ。

「こちら、いまから物をすり抜ける不思議な銀貨になります」

「え？」

夢鈴は、右手に示していた銀貨を、左手に持ち替える。

「よく観察してくださいよ？」

言いながら、夢鈴は銀貨をつかんだ左手を大きくふってみせた。

「は、はい」

月麗妃は言われるがまま、身体を前にして夢鈴の左手を見ている。月麗妃は、とても素直でまっすぐな人のようだ。これからなにが起こるのか、真剣な眼差しで凝視していた。

夢鈴は笑みを絶やさないまま、右手で左手の甲を指さした。

「銀貨はこの手の中ですか？」

「え……はい。そう、ね……そうだと思う。ずっと見ていました」

月麗妃は戸惑いながらも、しっかり答える。

「本当に？」

夢鈴は左手の甲を、右手の指先でこする。

「え⁉」

月麗妃は目の前で起こった事象に、混乱していた。夢鈴の左手ににぎられていたはずの銀貨が、手の甲から出てきたのである。

「え……？　え？　す、すごい。すごいわ……！」

月麗妃は大きな目を見開いて、頻りに銀貨と夢鈴を見比べていた。夢鈴は再び、月麗妃に銀貨を渡す。月麗妃は銀貨を確認するが、さきほどまでとのちがいを見つけられないようだ。何度もにぎって、手の甲をこすっている。

「あなたねぇ……下手くそなのよ。横から見てて、冷や冷やしたわ」

泰隆が呆れた様子で夢鈴に耳打ちした。もちろん、周囲には聞こえないように、だ。

夢鈴は「あはは」と笑って誤魔化した。

さすがに、泰隆は騙せない。

実は銀貨を左手に持ったと見せかけて、右手に隠したままだったのである。左手に意識を向けるために、大きく動かしたり、話しかけたりした。要するに、月麗妃の視点を誘導することで、左手に銀貨があると思い込ませたのだ。

夢鈴には、この程度の簡単な手品しかできない。だが、硬くなった相手の心をほぐすには有効である。

実際、月麗妃は夢鈴の手品でずいぶんと緊張が解けたようだ。興味津々といった表情になる。

「不思議……あなたも、占術師さんも……」

「ありがとうございます。わたしは翔夢鈴。凜可馨の助手にございます」

「翔……？　鶴恵宮から来たの？」

「いえいえ、菊花殿でございます」

なぜ、鶴恵宮なのだ。そこは四妃である金恵妃の住まいである。いずれは仕事で行きたいが、住むには妃になる必要があり、しかも、かなりの出世が必要だ。

まあ、夢鈴の話はいい。月麗妃の警戒心が薄れたところで、本題に入っていかねば。

「凜可馨は、あなたのお役に立ちたいのです」

そう、正面から語りかける。月麗妃は迷いながら、左右に立つ侍女たちを見た。とても困った様子だ。けれども、侍女たちは互いに顔を見あわせるばかりで、月麗妃になにも返さない。

「わ……わたくし……その……不安で……本当に、あなたたちは……救ってくれるの？」

月麗妃の声は震えていた。助けを求めて、すがっている。どうしようもなくて、どうにもできなくて……悩んで苦しんでいた。

おぼえのある姿だった。

かつての夢鈴も――。

「少しずつ、教えてください」

月麗妃は小さくうなずいて、細い声で自分の話をはじめる。

「あの……」

彼女はずっと、父親の言いなりだった。なにもかも決められ、それに従ってきたのだ。自分で決めることは許されず、求められてもいない。そして、家の者以外と話す機会もほとんどなかった。

後宮へ入ったのだって、家のためである。ところが、後宮での行動はなにも指示されない。それどころか、月麗妃は期待もされていなかった。後宮において、ただ存在するだけでいいお飾りだ。

だれも自分に命令を出してくれない。

どうすればいいのかわからない。

そして、望めば虎麗宮の外へ出なくてすんでいる。いままで、だれにも咎められていなかった。

月麗妃自身、よくないことだとわかっている。それなのに、月麗妃には踏み出す勇気がなかったのだ。

これが麗妃にかかった呪詛の正体である。

そこには、ただ臆病な妃の苦悩があった。

幽鬼や呪いの仕業などではない。

泰隆の言ったとおりだった。月麗妃は自ら、虎麗宮にこもっていたのである。

月麗妃は助けを求めていた。

ここは後宮なのだ。だれにも手を差し伸べてもらえない。だれも助けてくれない。救いがあるはずもない。そんな環境で、月麗妃は薄暗い虎麗宮に閉じこもっているのである。

「こんな辛気くさい醜女じゃ、だれも相手にしやしないわよ。醜女は醜女らしく相応に振る舞うのがお似合い」

月麗妃の話を聞いていた泰隆が、夢鈴に耳打ちする。やはり辛辣すぎる。口が悪い。しかし、夢鈴には彼の真意がわかっていた。このままの言葉を、泰隆は伝えたいわけではない。

「凜可馨のお言葉です。顔をおあげください、月麗妃。あなたには、きっと笑顔のほうが似合いますよ」

誤解されやすい泰隆の言葉を、翻訳していく。横から指摘は入らない。

泰隆が札を取り出した。六十四枚の札から成る卜術である。それぞれに意味があり、出た札から運勢を読むものだ。西域から渡った西占牌に、朱国の易占術の概念があわさり、易占牌と呼ばれる。陰陽六本の記号を組みあわせて形成される大成卦（たいせいか）を簡単に立てることができ、このような出張占術には向いていた。大成卦は筮竹（ぜいちく）や擲銭（てきせん）、心易（しんえき）など様々な方法でも立てられる。朱国の占術の基礎概念だ。

泰隆は、そこから一枚の札を引く。

「――――」

泰隆が夢鈴にした耳打ちは辛辣だが、声音は優しかった。聞こえていないはずなのに、その雰囲気が月麗妃にも伝わっているのだろう。なんとなく、月麗妃の表情がやわらかくなっていく。

「凜可馨は、こう言っております」

いま、月麗妃を助けられるのは泰隆の占術だ。そう信じている。そして、その言葉を告げるのは、自分。凜可馨という占術師は、泰隆だけでも、夢鈴だけでも成り立たない。

　二人で作りあげてきた。

「月麗妃の現状は、水沢節でございます。この札の暗示は変化と想定外の問題への直面です。月麗妃の現状をよく表した札ですね……とてもお辛い状況だと思います。ですが、いまは変化の時期。行動しなければ、なにも変わりません。環境も変化したでしょうが、月麗妃も変わるときなのです」

　泰隆から翻訳がちがうという指摘はない。そのまま泰隆は二枚目の札を引き、夢鈴に解釈を耳打ちする。

「二枚目は水地比です。これは月麗妃の未来。これからを占いました」

「これから……？　これから、わたくしはどうすればいいの？　ねえ、教えてちょうだい！」

　月麗妃は身を前に乗り出し、几に手をついた。さすがに、行儀が悪いのだろう。ひかえていた侍女が「月麗妃！」とたしなめていた。

　それだけ月麗妃は必死なのだ。

「月麗妃の問題は、孤独では解決できません。人と接して協力することで、問題解決の糸口を見つけるでしょう。きっと、正しい道を歩いて行けるはずです。そのためには、やはり、月麗妃が変わろうとする意思が肝心だと思われます」

「変わる……？　変わるって、どうすればいいの？」

占術の結果を聞いた月麗妃の表情は明るかった。大きな目を輝かせて、夢鈴の話に聞き入っている。怯えていないが……どうも、危ない気がした。

「まずは朝儀に出ては、いかがでしょう。妃嬪の義務と聞いております」

「そう。そ、そうね……でも、朝儀に出たら、ど、どうすればいいのかしら。だれに話しかけたらいいの？　後宮って、怖い方も多いのでしょう？　おねがい、全部占ってくれる？　わかるのでしょ？」

月麗妃はすがるように質問を重ねた。不安で不安でたまらなかったが、占術によって、一時的に解消された。その快感に侵されてしまっているのだ。

占術がすべて解決する。

彼女がいままで服従してきた「父親」が、「占術」にすげ変わっただけだった。

こうなった人間を操るのは容易い。

月麗妃は盲目的に、凜可馨に従うだろう。

だが、それでは駄目なのだ。

「なにもかも――」

泰隆が夢鈴に耳打ちしようとする。けれども、夢鈴はそれを軽く払って立ちあがった。

「未来を決めるのは、月麗妃自身です。占術は傀儡の道具ではございません」

声に、つい熱がこもってしまった。泰隆のような物言いになっていないか、一瞬、気にする。だが、ここで止まるわけにはいかなかった。

「月麗妃のこれからを決定するのは、占術ではないのです。月麗妃自身でございます。占術は月麗妃の巡りあわせを読み解く道具にすぎません。あなたの行動を決めるのは、あなた自身なのです」

泰隆が占った月麗妃の巡りあわせはよいものだ。

けれども、行動を起こさなければ、その未来は訪れない。逆に行動したことで、占術どおりの未来とはならない可能性もある。

占術を聞いて、行動するかしないかは、結局のところ自分自身。決めるのは、占術師ではない。

未来は決まっていないのだ。

これは泰隆に言われなくとも、夢鈴自身が感じることだった。

占術に救われた夢鈴だからわかる。これは危険な麻薬でもあるのだ。だから、使い方をまちがえてはならない。

占術にすがる人の心は弱い。簡単に操れてしまうだろう。いまの月麗妃は、なにかも凛可馨の言うことを聞くはずだ。

それはならない。

人を救うとは、そうではないのだ。

道を示すとは。未来を読み解くとは。導くとは……依存するのとは、べつだ。

かつて、夢鈴は依存していた。恋人や姉に。それらをすべて失って途方に暮れていた。

そんな闇から引きあげてくれた泰隆には感謝している。彼は口が悪いが、見ず知らずの娘を気にかけるお人好しなのだ。あのときの夢鈴を都合よく騙すなど容易かったはずなのに、泰隆はそうしなかった。それは、彼に占術師の矜持(きょうじ)があったからだ。

「で、でも、だって……どうすれば……」

夢鈴の言葉を受けて、月麗妃がうつむいてしまう。まるで、捨てられた子狗(こいぬ)である。見放されたと思っているだろうか。

夢鈴はそんな月麗妃の手に、自分の両手を重ねた。

「考えましょう。そのお手伝いなら、わたしたちにもできます」

決めるのは、あくまでも月麗妃。だが、手助けなら可能だ。

「でも……」

「では、こうしましょう。もしも、月麗妃のお父上ならどうするかを、想像してはいかがですか?」

月麗妃は夢鈴から目をそらして、考えはじめる。

「……きっと、お父様なら……毎日、朝儀に出るよう命令するわ。期待されていなくても、後宮のお勤めだもの……だけど……たぶん、胡散臭い人の話は聞くなと……言うと思う」

ごもっとも！　胡散臭いと言われ、夢鈴はつい苦笑いした。

「だから、わからないの」

月麗妃の指は震えていた。夢鈴の手をにぎり返すか、迷っているようだ。

「こういうときは……どうするのが、いいのかしら……わたくし……あなたたちと、お話がしたいの……も、もちろん、自分で考える努力は、するわ」

月麗妃は不安そうに辿々しい言葉を操りながら、夢鈴を見あげる。涙がこぼれそうだ。

「それは、月麗妃――いいえ、雨佳様の本当の望みです。御心に従ってみては、いかがでしょうか？」

それも自身の選択である。

月麗妃、否、月雨佳という一人の娘としての決断だ。

「…………」

雨佳はしばらく黙っていた。

けれども、おそるおそる指に力を入れる。

「……よろしく……」

雨佳が夢鈴の手をにぎり返す。

とても弱々しいが、たしかな一歩であった。

「はい」

夢鈴は唇に弧を描いた。

客に対する笑みではない。目の前で歩き出してくれた、雨佳の姿が嬉しくて。心からの笑みであった。

六

虎麗宮では、しばらく雨佳と茶を飲んで語らった。

占術師としてというよりも、よき友人同士のような雰囲気だ。その間、泰隆はほとんど口をはさまなかったが、夢鈴を咎めることもなかった。

「ねえ」

和やかな雰囲気の茶会を終えて虎麗宮から菊花殿へ帰った際、泰隆は夢鈴に問いかける。

「あなた、なんであたしについて来たの?」

「それは、どういう意味でしょうか？」

泰隆の問いに、夢鈴は問いで返してしまう。

「ほら……あたし、あなたになにも話してないじゃない」

そこまで言われて、さきほどの雨佳とのやりとりに関してだと気づく。

夢鈴は泰隆の素性を知らない。「泰隆」という名だけで、姓も、どのような人生を歩んできたのかも、よくわからなかった。

占術を身につけられるような人間は限られている。それも、泰隆は西域から入った術まで使う。それなりの家柄や身分、財力が必要なはずだ……店の開店資金も、泰隆の手持ちであった……泰隆にとって、夢鈴がどうして自分と一緒にいるのか、わからないのだ。

そして、危惧しているのだと思う。

夢鈴は恋人や姉に依存してきた。対象が泰隆になっているだけなのではないか。夢鈴は自分で選んだように見えて、実は泰隆に依存している。その心配をされているのだ。

「あたしに関わっても、ロクなことないのに……実際、こんなところまで、つきあわせちゃったわけだし」

「泰隆様？　後宮へ来たのは、わたしのわがままですよ？　むしろ、泰隆様をつきあわせてしまったのは、わたしです」

「……そうじゃないのよ」

「え？」

首を傾げる夢鈴に、泰隆は短く答えた。けれども、それ以上、語る気はないらしい。

重い表情で首を横にふった。

「変なこと聞いちゃったわね……来客よ。いけ好かない宦官殿じゃないかしら」

「え？　は……はあ」

来客と言われて、夢鈴は入り口をふり返る。よく耳を澄ませると、外から足音が聞こえてきた。小股で小刻みである。たしかに、宦官の足音のようだが、話しながら聞き分けるなど、泰隆はそうとうに耳がいい。

入室がある前に、泰隆は蓋頭をかぶって顔を隠した。

「失礼いたします」

泰隆が指摘したとおり、入ってきたのはいけ好かない宦官殿――蔡高明であった。後宮の宦官を取り仕切る立場であり、夢鈴たちの世話役をまかされている。

言葉の端々から、同じ宦官でありながら皇帝に重用される碧蓉への対抗意識を感じさせる。そのせいで、夢鈴たちにも当たりが厳しい。今朝も顔を見せたかと思えば、嫌みを吐かれたばかりである。

「なにかのまちがいかと思いまして、確認しにまいりました……虎麗宮より――」

「あ、次の茶会のお誘いですね。承りました。まちがいではないので、大丈夫ですよ。高明様」

高明の言わんとすることを先回りして、夢鈴は言い切った。

後宮での茶会は頻繁に催される。妃嬪同士の楽しみであり、探りあい。多くは個人間での約束が交わされる。

だが、今回は四妃の一人である月麗妃――月雨佳から、妃でもない占術師・凜可馨に対する誘いだ。夢鈴のほうから、後宮をとおすようにおねがいしていたのである。

こんなに早く届くと思っていなかった。夢鈴は口を半開きにして固まっている高明の手から、文書を受けとる。

「高明様、ありがとうございます」

涼しい口調で述べると、高明は顔を紅潮させて眉を寄せる。

「月麗妃は、だれにもお会いにならないはず。まさかまさか、そんな……？」

「雨佳様と凜可馨の出会いは運命づけられておりましたから、そうむずかしい障害などありません。しかし、雨佳様は愛らしいお方でした。凜可馨の占術にも、ご満足いただけたようで、本当によかった！」

夢鈴は多少大げさに言いながら、両手を広げる。高明は丸い肩を小刻みに震わせて、奥歯を噛んでいた。

「いったい、どうやって……！」

「それは、運命の糸が重なった結果にございますよ。高明様も、占ってさしあげましょうか？　出世のお役に立てるやもしれません」

半分以上は嫌みである。高明も充分感じとっているのだろう。怒って背を向けてしまった。

「結構だ！　見くびらないでいただきたい……この高明、妙術などに頼らなくとも、望むものは手に入れまする。自ら褒美を求めたこともござらん！」

鼻息を荒く吐きながら、高明はそう言い捨てる。宦官特有の、小股で左右に腰をふった歩き方のせいか、非常に滑稽、否、可愛らしく見えてしまう。

さて。

高明も驚愕していたように、麗妃の活動は後宮内に衝撃をもたらすこととなる。

幽鬼に呪われているとまで言われた麗妃・月雨佳が翌日から朝儀に参加した。その姿は好奇の目にさらされたが、何事もなく朝儀は終わったらしい。

そして、後宮では麗妃の呪いを解き、表に出した功労者として凜可馨の名が囁かれるのだった。

＊　＊　＊

後宮の夜はいやに静かである。

皇城とは具合がちがった。

人がいながら、人の気配を感じない。それは、後宮の目的と性質によるものである。

ここは、ただ美女を囲って住まわせる場所ではない。集められた妃嬪には夜の営みをまっとうし、世継ぎを残すという使命がある。

とてもわかりやすい目的を持った特殊な世界なのだ。

それゆえに……女たちには、それ以上の役割を必要とされない。政治の駒であったり、後宮内外での勢力争いであったり、それらは本来、付随してはならぬものだ――

実際は、そのように単純な問題ではないのだが。

灯りの乏しい闇の中、泰隆の足どりはしっかりとしていた。

暗い足元を照らすものなど、半分に欠けた月明かり程度だ。自身も漆黒の襦裙と、蓋頭をまとうせいで、同化していることだろう。

そんな泰隆を追うように、べつの足音が聞こえた。

泰隆は立ち止まり、口を開いた。

「まさか、あなたが宦官になってたなんて思わなかったんだけど」

闇の中に語りかけるような一言だった。ため息とともに吐き出し、泰隆は蓋頭をとる。

「いついかなるときも、大家のおそばにいるのが某の役目……女になった者よりは、まともだろうに」

足音の正体は、泰隆の知る人物だった。

韋碧蓉。いまは皇帝付の宦官となっている男だ。

「女になったわけじゃないわよ！　……いや、誤解するな！　だれも、好き好んでやっているわけではないからな」

べつに、好きでこのような格好や口調をしているわけでもない。後宮に入ったのだって……泰隆は、わざと口調を改めながら否定した。

とはいえ、押しかけてきた夢鈴を拒めなかったのは泰隆だ。印象が多少はやわらかくなるからと、女言葉をはじめてみたが、板についてしまったのも事実である。

しかしながら、自分はれっきとした男だ。去勢した宦官にどうこう言われる筋合いなどない。

「まさか、そのような姿になっていると思わず、捜すのに手間取った」

「そりゃあ……見つからないための隠れ蓑だからな」

「利用したと？」

「……ああ、そうだ。利用しただけだった」

夢鈴の押しかけは、ある意味で都合がよかった。

泰隆は……逃げる身だ。

どこへ逃げても捜し当てられるのは時間の問題。だが、女装の効果は一定以上あったようで、たしかに、時間稼ぎには効果的であった。それを見込んで泰隆は夢鈴から言われるまま、女装していたようなものだった。

たまたま自分のそばにすり寄ってきた夢鈴を利用したのだ。

そう考えれば、多少の罪悪感もあった。

「範家には帰らぬのか？」

その名を出され、泰隆は口を閉ざす。

「案ずるな。報告はしておらぬ」

「……莫迦を言うな。それは、妙な真似をすれば範家に差し出すという意味だろうに？」

碧蓉の使う手だ。そのようなところだろう。実際、碧蓉は肯定するように黙っていた。

「だれも、責めはせぬ。大家も――」

「悪いが、俺はもう皇城へ戻らない。軍属など、真っ平ごめんだ」

泰隆はそう言い切った。

「持て余す気か？」

闇の中へと立ち去ろうとする泰隆に、碧蓉が投げかけた。

「俺を脅して服従させるなら、魯桟口（ろざんこう）と同じようにすればいい。おかげで、逃げ場は失っているからな。どうぞ、ご自由に」

泰隆は自嘲気味に両手を広げてみせた。

「この話は終わりよ。消えなさい」

わざとしゃべり方を戻す。泰隆は蓋頭をかぶりなおし、碧蓉に背を向けた。

「こんな芥（ごみ）に、居場所はいらない……」

吐き捨てた言葉は、碧蓉にも聞こえていないはずだ。

これは、泰隆が自身に向けた言葉であった。

第二幕　後宮は秘めごとばかり

一

拝啓、青楓（せいふう）姉様。

後宮に居を移して、しばらく経ちました。お妃様たちからの評判もよく、仕事は軌道にのってきたと感じます。姉様は、いかがお過ごしでしょうか。そろそろ、うかがいたいのですが、どちらにお住まいですか？

お顔だけでも、拝見したく思います。

翔夢鈴（しょうめいりん）

拝啓、夢鈴。

後宮の生活にも慣れたようで、安心しました。占術師の噂は、私の耳にも入っておりますよ。我が妹ながら、活躍が誇らしいです。ですが、油断はなりません。後宮ではなにが起こるかわからないのです。庭が珍獣であふれていたり、羊を飼うことになったり、はたまた夜中に超絶迷惑な人物に遭遇したり……とにかく、事故はつきものです。

私のことは、どうぞ気にしないで。本当に自分の利益だけをお考えなさい。決して、捜そうなどとは思わないで。あなたは、あなたの人生を生きるのです。わかりましたか？　いいですね？

翔青楓

姉の青楓から届く手紙は、いつものとおりであった。

常に夢鈴の幸せを尊重してくれる。それゆえに、身代わりになってくれたのだ……結果的に恋人にも夜逃げされたので、本当にもうしわけない。必ず、お金をかき集め救い出さなければ。

そんな青楓の気遣いと愛情が詰まった手紙を思い出しながら、夢鈴は両腕に力を入れる。指先だけで木の枝にぶらさがった自らの身体を引きあげた。枝の高さに顎が達すれば、今度はゆっくりと身体を下げていく。

鍛錬は日課だ。ちょうどいい木を見つけたので、夢鈴は毎日そこで懸垂をしていた。

健全な精神は健全な肉体に宿るらしい。これは、姉が読んだ書物で得た知識を、夢鈴に教えてくれたものである。この話を聞いたころは幼くて意味を理解していなかったが、いまならわかるのだ。

夢鈴は心が弱い。恋人に夜逃げされた程度で自身を喪失してしまった。身体を鍛えれば、きっと心も強くなる。実際、泰隆に救われて鍛錬をはじめてから、夢鈴の世界は変わった。物事を明るく考えられるようになったし、なにがあっても前向きだ。

わたしは、もう大丈夫！　だって、こんなに強い！

占術で救ってくれた泰隆にも感謝しているが、有用な知識を授けてくれた青楓にも感謝している。夢鈴は環境に恵まれたのだ。

そういえば、青楓はどこにいるのだろう。下級妃嬪の住まいであれば、瑞花宮だが……なにせ、こちらの手元には名簿の類がない。高明に申請しているが、一向に寄越してくれなかった。

しびれを切らして碧蓉に文を書いたところ、今日の夕刻には用意すると返事があった。やはり、高明をとおすよりも、碧蓉のほうが早い。泰隆からは、過度に碧蓉を頼るなと言われているが……。

「夢鈴様、そろそろお時間ですよぉ？」

木の下から、九思の声が聞こえた。夢鈴は最後の懸垂をしてから、枝から手を離した。身体が二尺ほどの高さから落下するが、難なく着地できる。

そろそろ後宮の暮らしにも慣れてきた。

菊花殿の占術部屋は当初、女など寄りつかぬ場所であったが、いまでは連日予約で埋まっている。

人前に姿を現すようになった麗妃・月雨佳の存在は絶大だ。彼女の呪いを解いた占術師として後宮内に凜可馨の評判が広まったのだ。

占術と呪術はちがうのだが、細かいことはいい。大事なのは認知度と、実績の証明である。後宮の端、日陰に位置する菊花殿の占術部屋を、毎日、女官や下女などが訪れた。

一方で妃嬪の鑑定に関しては、こちらが宮へおもむくようにしている。やはり、個人の情報を伏せたい妃が多い。彼女たちにとって他の者に相談内容を聞かれるのは死活問題でもあるのだ。

占術には個々が抱える背景や悩みの告白が必要になる。それらを総合して、鑑定の結果を伝えなければ、あまり意味がない。ただ淡々と出た結果だけを並べるなら、占術師は必要ないのだ。

ゆえに、占術師はあらゆる情報をにぎってしまう。

それは謀の絶えぬ後宮では危険を意味した。青楓の手紙にあった珍獣だの、羊だののくだりは誇張だろうが、用心に越したことはない。姉の助言は常に適確なのだ。本当にいつもありがたい。

「次は……鶯貴宮への訪問ですね。ありがとう、九思。一緒に来ますか？」

「え……私もいいのですか？」

「三人のほうが心強いです」

夢鈴が笑うと、九思は嬉しそうに「行きます！」と答えてくれた。

「九思はお妃様の宮に勤めた経験があるのですよね？」

「はい。以前にお仕えしておりました……ここ何年かは、礼部のほうにおりましたが」

なるほど。宦官が仕切る礼部にいたので、高明から適当に指名された人事が、ここだったというわけか。夢鈴は九思が菊花殿へ移った理由に納得する。

とにかく、泰隆を呼んで出かける準備を……と、菊花殿の部屋の前に、人が立っていた。占術を希望する客ではない。

「これはこれは、高明様。どうされましたか？」

夢鈴はわざとらしく大きな声で、満面の笑みを作る。高明は夢鈴を見てあからさまに顔をゆがめたが、すぐに目元を細めて笑い返した。作り笑いだと、お互いにすぐわかる。

「凜可馨殿と、その助手におかれましては、占術が軌道にのっているご様子でなにより。こちら、お妃様から贈与品をあずかったので、お届けにあがりました」

「そうなのですね、ありがとうございます」

「鶯貴宮の燕貴妃から賜ったものです。どうぞ」

包みを受けとると、両腕に思いのほか重量を感じる。開けば、見事な魚が一匹横たわっていた。

都である栄陽は海から遠い。ゆえに、海の魚はちょっとした嗜好品であった。出回るのは干したものが多い。金品を直接贈るのははばかられる場合に、よく選択される品だ。

鶯貴宮は四妃の一人、燕貴妃が住まう宮だった。雨佳と同等の上級妃嬪。本日、訪問する予定になっている。おそらく、鑑定前の手付金のようなものだろう。謝礼をいただくことは多いが、こういうものも事例としては少なくない。

「立派なお魚ですねぇ。腕が鳴ります」

九思は両手をあわせて、桃饅頭のように頬を染めた。

料理の類は、各殿舎に備えてある厨房で行う。料理は菊花殿の厨房で九思が作ってくれていた。妃嬪であれば、中央の厨房で作ったものを配膳するのだが……複数回の毒味や長い距離の持ち運びを経るため、味は大変不評であった。自分の毒味役を抱えて、宮で調理する妃も多いらしい。単純に毒味の回数が減るので、毒殺の危険と美味しさを天秤にかける必要がある。

九思の料理は美味しいので、今回も楽しみであった。

「わざわざありがとうございます、高明様」

あずかって運んできてくれた高明に、夢鈴は深々と頭をさげた。

「いいえ、いいえ。これも私めの仕事ですので」

高明は白々しく言いながら、菊花殿をあとにした。夢鈴は見送りもほどほどに、魚を持って部屋へ戻る。

このあと、夢鈴は九思が作ってくれる魚料理を楽しみにしながら、軽い足どりで鴛貴宮へ向かうのだった。

ただ、気がかりはある。

事前の待遇が手厚い場合……少々面倒な依頼をされることも多いのだ。

二

夢鈴の直感は杞憂に終わらなかった。

隣に座った泰隆が腕組みをしている。これは苛々しているときの仕草だ。おそらく、「凛可馨はあまり喋ってはならない」という制限がなかったら、持ち前の毒舌を披露するだろう。うしろでひかえている九思も、心配そうに息を呑んでいる。

「聞いているのかしら？　呪い殺してほしい者どもがおりますの」

そう言って、長い足を組みかえたのは、この鶯貴宮の主であり、四妃として君臨する――燕貴妃であった。

後宮一番の美姫と評されるだけある。豊満な胸が襦からあふれ出そうだ。やや垂れた目尻や、泣きぼくろが印象的で、絶世の色香を放っていた。天女、否、人を惑わし魂を喰らう妖魔のような。所作やしゃべり方、すべてをあわせると危険な美となる。甘い花の香りがするのは、妃嬪たちの間で流行っている香水だろう。

四妃には、それぞれ宮が用意されている。麗妃には虎麗宮。貴妃には鶯貴宮。恵妃(けいひ)には鶴恵宮(かくけい)。華妃(かひ)には亀華宮(きんか)である。

それぞれの宮には四妃として位を戴く妃嬪が暮らしているわけだが……実は上級妃嬪候補と呼ばれる妃嬪も部屋を持っている。名目上は、「上級妃嬪のもとで学ばせていただく」だが、実情は派閥のようなものらしい。且つ、それぞれの妃が下剋上もねらっていた。

後宮の事情は複雑だ。このような場所に、妃として入らなくて本当によかった。それだけに、姉が不憫でならない。

虎麗宮は新築で、雨佳が外に出てこないという異質な事態が起こっていたので、ほかの妃嬪は住んでいなかった。だが、ここ鶯貴宮には、燕貴妃以外に何人かの妃がいるようだ。回廊ですれちがったが、みんな同じ花の香水をつけていた。芳醇な甘みの金木犀だ。

燕貴妃も、同じ香りを漂わせている。おそらく、彼女が使用する香水を、宮の妃嬪も真似たのだろう。

そんな関係のないことでも考えていなければ、気が紛れなかった。

「ですから……呪術は請け負えないのです。まことに畏れながら、燕貴妃のお役には立てません」

「どうしてですか。虎麗宮の呪いは解いたのでしょう？　でしたら……鶴恵宮を呪うのも簡単でしょうに」

事前に九思から聞いていた。鶴恵宮には、金恵妃が住んでいる。隣国、金から来た公主であり、外交の要として皇帝から寵愛されていた。まだ子は成していないが、彼女が四妃の中で最も皇后に近いのはまちがいないだろう。

燕貴妃としては、目障りな存在である。美しい顔に似つかわしくないほど唇をゆがめ、扇子を開閉させていた。

こういう人間は、ときどきいるのだ。

たしかに、夢鈴たちは占術師の神秘性を強調する売り方をしているが、呪術や妖術の類は使えない。占術とはまったくちがう分野だ。そのあたりを勘違いされると困る。

「代わりに、そうですね。大家の御心を射止める糸口を探しましょうか。燕貴妃の魅力を見せつける方法を考えましょう。競争相手を蹴落としたい気持ちはわかりますが、まずは己を磨いて――」

「わたくしに魅力がないとでも!? そんなはずがないでしょう!?」

夢鈴の言を遮って燕貴妃が金切り声をあげた。

「いえ……そういうわけではありません……燕貴妃はとてもお美しく、魅力的でございます。差し出がましいことを言いました」

むしろ、これほどの美貌がありながら、皇帝からのお渡りがないのは……この性格が関係しているのではないか。彼女は見目麗しいが、皇帝の夜伽はただの一度きりで、それ以降は声がかかっていない。

「鶴恵宮には、あの女が……わたくしの顔に泥を塗った翔妃がいるのです! ああ、考えるだけでも腹立たしい! いくら積めば、呪ってくれるのかしら!?」

「翔……妃?」

夢鈴は両目を見開いた。

妃嬪は多くの場合、位がつかない限りは家名で呼ばれる。

翔妃とは、翔家の妃……つまり、夢鈴の姉である青楓の呼び名だ。

鶴恵宮は四妃の一人、金恵妃の住む宮である。燕貴妃の競争相手だが……どうして、金恵妃ではなく青楓の名が出てくるのだろう。

　そして、初めて知った事実だが、青楓は鶴恵宮にいるらしい。上級妃嬪候補という立場だ。実家には、そのような便りは一切なかった。もちろん、後宮へ入ってから夢鈴に送られてくる手紙にもだ。

「鶴恵宮の悪女ですわ！」

「あ、悪女……？」

「知らないのかしら？　あの女は、四妃であるわたくしたちを出し抜いて、大家に取り入った悪女ですのよ。卑劣な手を使ったにちがいありません」

「あの、姉――いいえ、翔妃はなにを？　それに、大家の寵妃は金恵妃だと……」

　九思から、皇帝はもっぱら鶴恵宮に通っていると聞いたので、てっきり金恵妃が寵妃なのだと思っていた。だが、その目的は、同じ鶴恵宮に住む青楓だったのだろうか。

夢鈴の頭は混乱した。どういうことだ。

「金恵妃？　金恵妃も目障り！　青臭い餓鬼の呉華妃はともかく、どうして、わたくしだけ……！」

　燕貴妃は奥歯を噛みながら拳をにぎった。そして、皇帝は金恵妃と青楓の部屋を行ったり来たりしているのだと語る。要するに、どちらもお気に入りなのだ。

　四妃でも、月麗妃は新入りで最近まで引きこもっていた。呉家の娘、呉華妃も年若い少女のようで、まだ初潮も来ていないらしい。

皇帝の寵愛を争うのは、燕貴妃と金恵妃ということになるが……そこに、下級妃嬪から抜擢され、一気に上級妃嬪候補となった青楓の存在が燕貴妃には許せないようだった。

同時に、夢鈴は悟ってしまう。

青楓が夢鈴と頑なに会いたがらなかった理由は、これなのだ。

姉は皇帝のお気に入り。後宮には、燕貴妃のような敵も多いはずだ。夢鈴の仕事の安泰を思うと、会うのは危険だと判断したのだろう。

いつでも、夢鈴を案じてくれる姉に涙しそうだった。きっと、辛いこともたくさんある。それを微塵も感じさせない青楓の優しさが胸にしみた。

「事情はよくわかりましたが、それでも呪術は請け負えません。大変もうしわけありません」

夢鈴は真剣な表情を作り、深く頭をさげた。こうやって断るのも自分の役目である。だが、それで納得する燕貴妃ではなかった。

どうすべきか。夢鈴が悩んでいると、泰隆が耳打ちしてくる。

「目尻のほくろは異性問題が絶えない運勢を示すの。常に欲求不満で、なにやっても満足できやしないわ。それが人相にも出ているのね。顔に対して耳が小さいのも、執念深くて感情的な人間にありがちよ……野心家なのは結構だけど、表に出しすぎるのは素人ね。こんな醜女（ブス）は、見ただけで胸焼けするから、男のほうから願い下げだわ。羹（あつもの）に浮かんだ脂かしら？　はっきり言って、手をつけたいと思わない」

　泰隆の鑑定を伝えるべきかどうか……どんなに前向きに伝えたところで、いまの燕貴妃はおちついてくれないのではないか……だが、そんな夢鈴の苦笑いとは裏腹に、泰隆は追加の耳打ちをする。

「この女に施す言葉などないわ。目障り」

　泰隆がこうやってはっきりと言い切るときは……どこまで肯定的に解釈したとしても、いい方向には転がらない。

　夢鈴が燕貴妃に伝えあぐねている間に、泰隆は席を立つ。もうこれ以上は結構だという意思表示だった。

「もうしわけありません、燕貴妃……」

　燕貴妃の顔を確認すると、後宮一の美女が台無しの形相であった。

　泰隆が大股で部屋の入り口まで歩く。が、ふと立ち止まった。うしろについていた夢鈴は、ぶつかりそうになってしまう。

「野心は必要よ。それは上へあがるために大切なものだから。でも、もっと慎んで内面を磨きなさい。だから、あんたは醜女な――」

「ああああ、凛可馨はこう述べております！　ときには慎みをおぼえることで、燕貴妃の魅力がいっそう引き立つでしょう！」

　いまの燕貴妃に「醜女」などという言葉を使えば……最悪、自力で呪い殺されそうだ。そんな執念を感じる。実際、こちらを睨んでくる燕貴妃の視線は刺すように鋭く、そして炎の比ではないほど激しかった。苦し紛れに誤魔化してみたが、効果は薄そうだ。

「もう二度と来ないでくださるかしら!!」

　夢鈴は退室する泰隆について歩く。九思も続いた。泰隆は外にひかえていた侍女たちの案内もなしに、早足で鷲貴宮の外まで向かう。

　やがて、絢爛豪華な鷲貴宮の外に出る。背中で、乱暴に門が閉められる音がした。もう二度と、入れてくれないだろう……。

　しかしながら、ふり返って見あげると……鷲貴宮は虎麗宮とは趣がまったくちがう。宝飾品の数々、柱や壁に施された金や銀の細工が物語っていた。文句のつけようがない豪奢な造りだが……燕貴妃の色香や剝き出しの野心をあわせると、少々胸焼けがする。皇帝が一度きりのお渡りのあと、ここを訪れない理由をなんとなく察した。

「あ、あれでよかったのでしょうか……」

　不安を投げかけたのは九思だった。

「いいのよ、あれで」

泰隆は雑に答えながら前に進む。

「で、でも、相手は四妃ですよ？　ねえ、夢鈴様」

呪術は請け負えないとはいえ、相手は四妃の一人だ。もっと穏便な断り方があったのではないか。九思の言いたいことは、夢鈴にも理解できる。

「しょうがないですよ……呪術など請け負えませんから。たとえ、可能だったとしても、泰隆様が使うはずありません」

泰隆に、そのような邪悪はできぬ。夢鈴は自信満々に答え、泰隆を確認した。泰隆はむずかしい顔をしていたが、やがて息をつく。

「あれにできるのは、せいぜい『当たらない』とかいう悪評を広めたり、陰湿な嫌がらせをしたりする程度でしょうよ」

泰隆も承知のうえだ。夢鈴と同じ意見でよかった。

「そうでしょうけど……いや、お店をはじめたばかりで、そのような悪評が広まるのは……」

九思は、まだ不安なようだった。夢鈴は安心させようと、九思の肩に手を置く。できるだけ優しく、力強く。

「平気です。市井でも似た事案はたくさんありました」

泰隆の占術が意に沿わぬ客も多い。自分の望んだ結果を得られず、激昂されてしまうこともあった。そういうときは、たいてい醜聞を流される。

「第一、後宮の占術師なんてね、大して働かなくたって給金がもらえる楽な仕事なのよ。べつに少しくらい客が減っても、生活に困りゃあしないの」

泰隆の言うとおりだ。凜可馨は後宮にいるだけで、充分な給金をもらえる。無理に客をとる必要もなかった。多少客足が減ったところで痛手はない。

しかし、夢鈴にはさきほどの燕貴妃の話を聞いて、気がかりがあった。

後宮にいる姉の青楓は、皇帝の寵妃になっている。

正確には、寵妃の一人らしいが……お金を積めば身請けして連れ戻せると考えていたが、これではむずかしいかもしれない。

いったい、いくら積めばいいのだろう……否、そういう問題ではないはずだ。もしかすると、不可能かもしれない。

青楓の境遇に気づくと、どうにも手詰まりの気がした。

「…………？」

途方もない計画の見直しを必要とされ、空を見あげる。すると、夢鈴の視界によくない光景が入った。

「泰隆様！」

鶯貴宮の回廊は長い。その二階から、陶器の花瓶が落ちてくるのが見えたのだ。このままでは、壁に沿って歩く泰隆の頭を直撃する。

夢鈴はとっさに前へ出た。

泰隆の腕をつかんで、引きとめる。不意を突かれた泰隆は、呆気なくうしろ向きに倒れてきた。

夢鈴は、泰隆が転倒してしまわないよう、腰と首を支えた。身体の線は細いが、さすがに成人男性。かなりの重量がかかるが、なんとか踏ん張った。日々の成果だ。

「凜可馨様！」

九思の悲鳴と同時に、陶器が割れる音がした。確認すると、花瓶が地面に落ちて粉々になっている。泰隆がちょうど歩いているはずだった場所だ。

当たっていれば怪我をしていた。否、当たりどころによっては死んでいたかもしれない。

夢鈴は急いで鶯貴宮の二階を見あげる。だれかがこちらを見おろしていたようだが、すぐに隠れてしまう。陽射しが強いせいか、顔は見えなかった。

だが、確かめなくとも、犯人は十中八九、燕貴妃の手の者だろう。侍女かもしれないし、下女かもしれない。いずれにせよ、追及するだけ無駄だ。鶯貴宮に訴えても、知らぬ存ぜぬで押し通されるに決まっている。

「泰隆様、お怪我はございませんか」

夢鈴は腕の中におさまった泰隆の顔を見おろした。

「あ……まあ……おかげさまで」

なぜか泰隆は苦笑いしている。少々乱暴がすぎただろうか。しかし、危険が迫っていたのだ。許していただきたい。

泰隆は夢鈴の腕を払って離れる。気まずそうだ。

「べつに、大声でも出してくれたら、自分で避けられたわよ」

「もうしわけありません。でも、日々の鍛錬が実を結びました！」

「あなたね、もっと……こう……」

咳払いをして、説教をはじめるが、だんだん言葉を濁していく。夢鈴は聞き逃さないように、「はい」と前に出てみた。

「夢鈴様は……本当に夢のよう。まるで、恋物語の公子様でございましたわ。泰隆様もお美しくて、私ついつい見蕩れてしまいましたぁ。素敵です」

などと言いながら、九思が両頰に手を当てていた。「素敵」などと言われると、夢鈴も悪い気がしない。

「う……逆でしょうよ、普通は……」

泰隆は項垂れながら、着衣の乱れを整えた。とても不服そうだ。

男女が逆だと言いたいのなら、そもそも、最初に反応したのが夢鈴なのだから仕方がない。それに、この発展著しい朱国において男とか、女とか、時代錯誤もいいところだ。ましてや、ここは後宮である。二人とも女ということになっているのだから、気にする必要もない。

「おや、どうされましたかな」

などと反論しようとしていたら、声をかけられた。やや高めだが、女の声ではない。独特な足音も一緒に聞こえたので、ふり返らずとも、だれだかすぐにわかった。

「これはこれは、高明様。さきほどぶりです」

夢鈴はすかさず前に出て一礼してみせる。九思もうしろにさがって礼をした。泰隆だけが不遜な態度である。

「鶯貴宮にご用でしたかな？」

「はい。さきほどまで、燕貴妃のご依頼で」

まあ、燕貴妃からは追い出されたのだが。そこまで説明してやる義理はないだろう。まさか、燕貴妃も自ら「呪術を依頼したが断られた」などとは言うまい。

「はて」

高明は上っ面ばかりの愛想笑いをしていたが、地面に落ちて割れた花瓶に目を向けた。さすがに、ここまで派手に散乱していれば気づくか。

「鶯貴宮の二階より落ちてまいったものです。きっと、手を滑らせたのでしょう」

そう説明してやる。べつに燕貴妃を庇う意図はないが、高明に詳細を告げる手間が惜しい。

それに、占術師には守秘義務がある。一応、燕貴妃に追い出された理由は伏せておかねばならなかった。

「では、私から中の者に伝えておきましょう。尊き四妃の宮が散らかっていては、よくありませんからな」

「そうですね。それで、よろしくおねがいします」

珍しく、高明は嫌みの一つも言わなかった。本当に珍しい。もしかすると、機嫌でもいいのだろうか。

「それでは」

高明はそう言いながら、鶯貴宮の入り口へ向かって歩いていく。心なしか、いつもより早足だった。

「なに呆けた顔しているのよ。さっさと行くわよ。鈍間(のろま)」

なんとなく高明の背を見送ってしまっていた夢鈴を、泰隆が急かした。

「はい、すみません。早く帰らないと、お客様がいらしているかもしれませんね」

泰隆に呼ばれるまま、夢鈴は踵を返した。高明の機嫌がよくても、とくに気にする要素はない。

それよりも、九思が作ってくれるお魚料理を楽しみに、菊花殿へ帰るとしよう。贈り主は燕貴妃だが、もらった魚に罪はない。

三

鶯貴宮から菊花殿まで歩くのは、実のところ、かなりの距離がある。

早足で踏破しようと思えば息があがるが、ゆっくりでは時間がかかった。妃嬪なら輿を使用する。

凛可馨を直接後宮へ招いた碧蓉に言いつければ、待遇の改善が見られるかもしれないが……すべて彼に頼るのは危険だと、泰隆が拒んだ。どうも、泰隆は碧蓉を警戒しているようだった。

そういうわけで、夢鈴たちの移動はもっぱら足である。

と言っても、夢鈴は歩くのに慣れていた。貧乏貴族出身だ。自慢ではないが、輿などという上等なものには乗ったことがない。これも鍛錬のうちである。足腰の強さは、さきほども役立ったところだ。

泰隆も歩行距離について文句を漏らさなかった。以前から密かに思っていたが……泰隆の身体は適度に鍛えられている。細身なのでわかりにくいが、触ると硬い。話題にすると、恥ずかしがるが……夢鈴としては、健全な肉体づくりの参考にしたいので、もう少し見せてほしい。

泰隆の経歴について、夢鈴は極力、考えないようにしている。彼がとても嫌がるからだ。言いたくないものを詮索するような真似はしたくなかった。

それでも、ふとした瞬間に、気になることはある。

「…………」

「どうしたの？」

考え込んでいた夢鈴の様子に、泰隆が気づいたようだ。

「いえ……」

夢鈴は、つい視線をそらしてしまう。

「鶴恵宮が見えるな、と思いまして」

たまたま目に入った宮だった。壁のように植えられた木々の向こうに、朱を基調とした宮の屋根が見える。鶯貴宮ほど豪奢ではないが、とても華やかだ。

四妃である金恵妃や、姉の青楓が住んでいる。

泰隆も同じ方向を見て、息をついた。

「会いに来るなって、言われたんでしょ？」

「そうですね。でも、居場所がわかってしまうと、つい……」

青楓には、何度も文を出している。だが、ずっと「会いに来なくていい。自分のことだけを考えなさい」と返されていた。

「せっかく、心配するなと言われているんだから、心配なんてしてやらなくていいのよ。自分のことを考えるのが先って意見には、賛成だわ」

泰隆はそう言い切ってしまう。

夢鈴は自分のために生活すればいい。そして、いつか大手をふって、青楓を迎えに行くのだ……どうやって？　それは、これから考えなければならない。あとで、走りながら作戦を練らねば。

「占術師様」

とりあえず、気にしない。そう言い聞かせながら、前に足を踏み出した夢鈴たちを、呼び止める声がかかる。

木陰にひそんでいたようで、気がつかなかった。

鍔の広い笠をかぶった女性だ。顔周りを隠すように、布が垂れている。着物の柄が地味で、裙の丈が短いため、侍女や女官のように見えるが……。

「このような姿で、ごめんなさい。でも、どうしても占ってほしいことがあるんです」

占術の依頼人には、自分の素性を隠したがる者も多いと、重々承知している。夢鈴は心得たとばかりに、木陰へ入った。それでも、依頼人は自分の顔を見せたがらない。

近づくと、ほのかに甘い花の香りがする。どこかで嗅いだにおいだ。

「受けてもらえますか？」

「内容によります」

ただ運勢を占い、結果を伝えるだけというわけにもいかない。その解釈を述べるためには、依頼人の背景を知る必要がある。夢鈴は念のために泰隆を見たが、彼はとくに反応しない。このまま話を聞いてもいいという意味だ。

「とある方の……お気持ちが知りたいんです」

言い回しが妙であった。「とある方」が、だれなのかわからない。依頼人自身についても伏せたまま、どうしろというのだろう。

「受けなさい」

戸惑っていた夢鈴に、泰隆が耳打ちした。

この状態で占うというのだろうか。泰隆はその場に膝をつき、携帯していた七十八枚から成る西占牌の札を交ぜはじめた。

相手の情報がないと行えない命術や相術は不向きだ。このような札や易（えき）を使用する卜術が向いている。また、人の気持ちのように移ろうものにも適していた。そして、泰隆が得意とする占術でもある。この西占牌と易占牌を、彼はよく用いていた。

「凛可馨は占術を引き受けました」

夢鈴は依頼人に返しながら、泰隆の占術を見守った。

最初に泰隆が引いた札には、盃を持った男が描かれていた。馬に乗り、金属の甲冑を着けている。西域ではこの男を騎士と呼ぶらしい。ゆえに、この札の名は「聖杯（カップ）の騎士（ナイト）」であった。

夢鈴が屈むと、泰隆は占術の結果を耳打ちする。

「……凜可馨が引いた札の意味は、理想や追い求めたねがいが近づいてくる暗示です。異性からの接近という見方もできるかもしれません」

「異性の……」

「はい。そうです。お心当たりは、ございますか？」

「…………」

これは本当に初歩的な札の意味であった。泰隆から言われたとおり、夢鈴はこうもつけ加える。

「しかしながら、ここは後宮でございます。異性の接近と言えば、皇帝陛下以外にはございません……お相手が大家であるならば、わざわざ占術に頼る必要などないでしょう。あなたが、お妃様であれ、女官であれ、大家からの寵愛を受けているのですから――」

この先は、あえて言わなかった。

皇帝からの寵愛でないならば、それ以外である。

依頼人が自分の顔を隠し、密かに声をかけてきた理由がわかった。

これは、後宮において、あってはならぬ相談なのだ。

もしも、占術師が上に報告した場合、彼女は後宮から追放される。それればかりか、皇帝以外の男と通じた疑惑で処刑もありえる大罪だ。

そして、泰隆が占術の結果とともに、夢鈴に耳打ちしたことがある。

依頼人は、おそらく妃嬪だ。服装で誤魔化しているが、金木犀の香水のにおいがする――これは、鶯貴宮の妃嬪たちが、燕貴妃を真似してつけている香りだ。侍女や女官が使うような品でもない。花の香水など、西域から入る高級品だからだ。

だが、依頼人のしゃべり方には市井訛りがある。それは夢鈴も気がついていたことだ。つまり、彼女は後宮へ入る前には市井にいた。

意中の相手というのは、そのころに知りあった男の可能性が高い。

面倒な依頼だ。燕貴妃の依頼とは別方向で。

鶯貴宮の妃嬪ということは、上級妃嬪候補だ。四妃や六妃の位に空きができれば繰り上がる可能性もある。そのような妃嬪が、皇帝以外の男と通じるのはよろしくない。

夢鈴の背中に冷や汗が流れた。すぐに、「だれも来ないか見張ってください」と、九思に指示を出す。

泰隆が次の札を引いた。

これは……剣（ソード）の五。どのような手段を用いても目的を遂行するという暗示だった。たとえ、他人から奪うこととなっても。

けれども、ここで西占牌の欠点が問題となる。

札にはそれぞれ意味があるものだ。しかし、引いた札が「だれの気持ち」なのかを決められない。易によって大成卦を立てた場合、つまり、易占牌を使用すると、この問題はなかった。六本で表される線記号は上卦（じょうか）と下卦（げか）に分類される。上卦は相手、下卦は相談者とはっきり決まるのだ。

対して、西占牌にはそれがない。これは依頼人である妃嬪の気持ちなのか、相手の男の気持ちなのか……どうして、泰隆は易占牌ではなく、西占牌を使用したのだろう。

もしも、札の示す気持ちが妃嬪だとすれば。

この占術の結果を聞いて、後宮から脱走でもするかもしれない。そうなると、凛可馨も彼女の脱走に加担した、と見られかねない。

伝えるのは危険である。占術はしっかりとしたいが、自分たちの身も守りたい。夢鈴の本音であるが、泰隆は彼女になにを言うつもりなのだろう……。

内心、冷や冷やしている夢鈴に、再び泰隆が耳打ちした。それを受けて、夢鈴は依頼人に暗示を伝えなければならない。

まずは、出た札の意味についてそのまま説明した。依頼人はそれを黙って聞いている。とくに反応はなかった。

「あなたは、そのお相手と結ばれたいですか？」

そして、泰隆に言われたとおり、夢鈴は最後に問う。

「…………」

やはり、依頼人の返事はなかった。なにも答えたくないのだろう。皇帝の妃である建前上、口を閉ざすのも無理はない。だが、占術に頼らねばならぬほど、精神は追いつめられている。心情の狭間で、きっと彼女を責め立てているのだ。

「――――」

依頼人の反応を見て、泰隆は夢鈴に耳打ちした。内容に夢鈴は眉を寄せるが……泰隆を信じるしかない。

「この札が示すのは、あなたの気持ちではありませんね」

つまり、相手の気持ちだ。

泰隆は、どうしてこんな内容を伝えろと言ったのだろう。いまの情報だけで、どのように判断したのだ。

占術の結果を受けて妃嬪が逃亡するのを避けるためだろうか。それにしたって、「相手がこんなに想ってくれているなら、後宮から出たい」と感じるかもしれないではないか。

夢鈴にはわからなかった。

沈黙する。

この静けさがなにを意味するのか。

泰隆は三枚目の札を引いた。

そのまま泰隆は、黙って依頼人に渡す。依頼人は札を受けとり、しばらく不思議そうにながめていた。

「失礼します」

夢鈴は断りを入れて、札を確認する。

女帝（エンプレス）。見返りを求めない、優しい愛の象徴だ。泰隆は女帝の札を、依頼人に渡した。どういう意味だろう。

剣の五が、相手の気持ちを示していたとすれば……これは、依頼人の想いを示している？

「そうね……宦官にでも、意味を聞いてみるといいわ。それは、あなたの気持ちでしょうから」

泰隆は踵を返した。

「え、あ……お待ちください、凜可馨！」

　夢鈴は急いで泰隆を追いかけた。九思も一緒だ。

　今度は札の意味すら伝えていない。おまけに、宦官にでも聞けなどと適当な……依頼を受けたが、あまりに自分のことを話そうとしないので匙を投げてしまったのだろうか。今日は鶯貴宮で気分を害したばかりである。夢鈴は心配になった。

　早足で泰隆を追いながら、依頼人をふり返る。だが、すでにどこかへ歩いていくところであった。身元を隠しているのだ。あまり長居はできないのだろう。

「泰隆様」

　どういうことなのか、夢鈴にはわからない。

「あなた、本当に莫迦なのかしら？　わからないの？」

「すみません……」

　夢鈴は小さくなりながら苦笑いした。泰隆の意図を汲みとるのには慣れてきたが、彼ほどの観察眼はない。洞察力も人並み程度だろう。

「それでよく、あたしの助手なんて名乗れるものね」

「はい。泰隆様は口が悪くて、生活力にも乏しいので、わたしがいないと駄目だと確信しています！　しかし、わからないことも多いので教えてください！」

「なんで、そこで自信満々に肯定的な返答ができるのよ!?　気色悪いんだけど！」

「実は褒められていると、わかっていますので」

「褒めてないんだってば！」

いつものように泰隆から誘られるが、とくに気にならない。泰隆の口が悪くて素直ではないのは、お馴染みだ。これくらいでくじける夢鈴ではない。そのような弱い自分は過去に捨ててきた。

「強いのは結構だけど、強すぎるのも問題よ……」

「ありがとうございます」

「だから、褒めてないから……いいわ。帰ったら教えてあげる。ここで話す内容でもないし、いろいろ確かめながらのほうがいいでしょ。名簿も、夕刻には届くのよね？」

そうだ。ようやく名簿が届くのだった……泰隆は、きっと依頼人の正体にも当たりをつけているのだろう。

「そうですね、たしかに。そして、やはり泰隆様はお優しい。なんだかんだいっても、ご教授いただけるのですね」

「ちがうわよ。九思もわからないようだから、教えてあげるだけ。あなたのためなんかじゃないんだから」

泰隆は蓋頭の下で不機嫌そうにした。口元しか見えなかったが、唇が曲がっているのでわかる。

では、早めに帰るとしよう。

四

今日は本当にいろいろと間がよかった。

馴染んできた菊花殿の店には、ちょうど占術希望の女官がやってきていた。本当に夢鈴たちが帰ってくるのと同時だったため、大変に時機がよかった。夢鈴たちは、女官の相談を聞く。

その間、泰隆の考えは聞けないままだったが、仕事のほうが大事だ。というより、忘れていた。一度心が切り替わると、ほかは些事となってしまう。

ちなみに、仕えている妃がわがまま放題であるという相談内容だった。書物ばかり読んで、朝儀にも出たがらないし、奇天烈な作り話ばかりする。おまけに、妙に理屈っぽくて、いつの間にか言いくるめられてしまう、と……筋金入りのわがまま妃だと感じた。どこの大貴族の姫君だろう。

そうしている間に、夕暮れどきが近くなってきた。九思が夕餉の準備をはじめる頃合いだ。

「失礼いたします」

そんな折りに訪ねてきたのは、宦官の高明であった。本日、三回目の対面だ。一日に何度も見たい顔ではなかった。

鴬貴宮で会ったときとちがって、口角がさがっている。不機嫌を絵に描いたようだ。昼間、上機嫌に見えたのは気のせいだったのか……。

それよりも、夢鈴は高明が持っているもののほうが気になった。

「あ、高明様。ありがとうございます……碧蓉様に、頼んでいた資料をお持ちくださったのですね」

碧蓉様に、を強調しながら夢鈴は笑顔で両手を前に出した。すると、高明は不機嫌をさらに強める。それでも、渡さぬわけにはいかないのだろう。

後宮の名簿を受けとって、夢鈴は満足だった。

「外の荷車にもありまする」

高明がほくそ笑んだ。考えてみれば、後宮の名簿である。妃だけでも何百といるのに、その侍女や女官、下女まで含めれば……そこには名前ばかりではなく略歴まで載っていた。

夢鈴は唾を呑み込んで、襦の袖を捲りあげる。

「ありがとうございます、高明様」

九思は食事の準備に入っている。高明の前で泰隆に力仕事をさせるわけにもいかないため、夢鈴は気合いを入れた。もちろん、高明が手伝うわけがない。

とはいえ、なんということはない。持てるだけ名簿を持って、荷車と部屋を六往復で事足りる。よい運動となった。

「助かりました、高明様。ありがとうございます」

額に少しにじんだ汗を拭って、夢鈴は爽やかに笑った。懸垂に比べれば、この程度は朝飯前だ。今日は鍛錬が足りていなかったので、ちょうどいい。

「い、いえ……私はべつに」

高明が、あとずさりしながら苦笑いしている。なにかあったのだろうか？

「さあ、高明様。荷車は空きましたよ」

荷物をすべておろしても、高明は帰る気配がなかった。夢鈴が呼びかけると、彼は「あ、ああ……」と気の抜けた返事をする。

「まだなにか？」

夢鈴は首を傾げてみせた。

「実は」

高明は小柄な身体を少し丸めながら、懐に手を入れる。そうして、一枚の札を取り出した。

「ある妃から、意味を調べるよう依頼されたのだ……これは、占術の道具であろう？」

札を見て、夢鈴は両目を開いた。

女帝。昼間に泰隆が謎の依頼人に渡した札だ。

そういえば……泰隆はあのとき、「宦官にでも聞くといい」と言っていた。なるほど、それで高明のもとへ渡ったわけか。

しかし、引っかかる。どうして、高明なのだ……たしかに、凜可馨という占術師は高明の管轄下にある。依頼人と別れた時間に、高明が鶯貴宮を訪れていたのもたしかだ。

けれども、高明は後宮の宦官を総括する人間でもある。碧蓉ほどの権限はないとしても……万一、彼に妃が皇帝以外の男と通じているかもしれないと勘づかれたら、どうするつもりなのだろう。否、そこまで想像力を働かせるのは行きすぎか。だが、処罰の対象になるかもしれない行為だ。慎重に考えると、夢鈴だったら高明には相談しない。

考えすぎか？

「こちらは、女帝の札でございます。意味は、見返りを求めない優しい愛情……ここから先の占術をご希望でしたら、凜可馨に相談しましょうか？　本日の予定は、すべて終えましたので、特別に時間をおとりしますよ」

夢鈴が告げると、高明はなぜかむずかしい顔をしてしまった。なにかを考え込んでいる……悩んでいるようだ。

「そうですか。占術は希望せぬ。それでは、私はこれにて失礼します」

高明は表情を改めて、頭をさげた。夢鈴もつられるように、つい頭をさげてしまう。その途中で「あれ？　高明様が頭をさげるなんて、珍しい……」と感じた。

やはり、今日は機嫌がいいのか。むずかしい顔をしているが、実はちがう？　夢鈴には、この宦官の考えることがよくわからなかった。

高明が去るのを見送って、夢鈴は名簿を店の奥へ移す。

碧蓉からは、こちらは写本なので好きに使っていいと申し送られていた。ありがたく保管しよう。店の奥に隠れていた泰隆も手伝ってくれる。調理が一段落したのか、九思も店に戻ってきた。

「夢鈴様、なにかお悩みですか？」

変な顔でもしていたのだろうか。夢鈴は考え込んでいたようだ。九思に指摘されてしまった。

「ああ、はい……いえ、そうですね」

作業しながら考えるのはよくない。手早く片づけを終わらせて、九思の作った料理を食べなければ。完全に失念していたが、夢鈴は大量の名簿を几の上に積んでしまったのだ。ここを早く綺麗にして、食事を並べなければ。

しかし、気になるものは気になる。このままでは、気分が晴れなかった。

「あの、泰隆様。今日のことなのですが……」

名簿を運びながら、夢鈴は泰隆に本日の解説を求めた。実のところ、これが解決しないと夕餉も美味しく食べられそうにない。ついでに、さきほどの高明についても相談したかった。

「あなた、本当に莫迦なのかしら……さっき、高明からなにかを見せられなかった？」

「え？」

どうして、わかったのだろう。

「はい……高明様は、今日、泰隆様が依頼人の女性に渡された札を持ってまいりました……」

「そうでしょうよ。これでもわからない？」

「わかりませんよ？」

なにを気づかせたいのだろう。夢鈴には泰隆の意図が皆目見当がつかなかった。

「泰隆様、九思めにもご教授おねがいします」

九思も夢鈴と同じ気持ちだった。二人で並んで見あげると、泰隆はやりにくそうに頭をかく。

「いいわ……じゃあ、あなたのわかっていることを整理なさい」

ついに説明してくれる気になった。夢鈴と九思は顔を見あわせて笑いあう。

「まず、あの依頼人は後宮の妃嬪でした。それも、鶯貴宮に住む上級妃嬪候補です。しかし、市井の出身で……後宮へ入宮される前に、大家以外の殿方に想いを寄せていたのですよね？」

「そうね。じゃあ、確かめましょ」

泰隆は言いながら、鶯貴宮の妃嬪が記された名簿を開く。宮ごとに名前が整理されているので助かった。

そこには妃嬪の名前だけではなく、略歴も書かれている。後宮に入る前はどうしていて、いつごろ入宮したのか。部屋と位の変遷。

だが、市井にいたような者は鶯貴宮に存在しなかった。夢鈴は眉を寄せる。九思も必死にのぞき込んでいた。

「彼女かしら」

泰隆だけは迷わず一人の妃の名を指さした。

衛李心（うえいりしん）。

後宮では衛妃と呼ばれている。

「え、どうしてですか？」

九思が首を傾げた。夢鈴も疑問に思う。

鶯貴宮の妃だが、貴族である。衛氏と言えば、そこそこ名の知れた貴族だ。翔家のような貧乏貴族ではない。鶯貴宮に入るのも納得がいく由緒正しき家柄だった。市井で暮らすような身分でない。

「ほら、庶子よ」

「あ」

衛李心は衛氏が妻以外との間にもうけた子供だ。ということは……市井で暮らしていたが、後々、衛氏に引き取られた可能性がある。そして、後宮へ入宮させられたのかもしれない。

ほかに鶯貴宮に住む妃嬪に、庶子や養子はいない。貴族の実子ばかりだ。

「彼女が入宮したのは五年前。大家がご即位されて、新しい後宮が編成された時期ね。古参と言えるかしら」

現皇帝が即位してからは七年経つ。通常、後宮は前帝が崩御してから、新皇帝の時代に再編成される。よほどの事情がない限り、前帝の後宮にいた妃嬪は残らないものだ。

皇帝の崩御があると、妃嬪たちは半年間、喪に服してから尼寺に入ることを義務づけられる。皇帝の子を成していないか確認するためだ。それから、新しい皇帝のために後宮を編成しなおすので、一年間の空白ができる。

衛李心は最初期から後宮にいた妃嬪だった。年齢は二十だ。年増とまでは言わないが、若くもない。

だが、五年も後宮にいたとすると……。

「待ってください。意中のお相手は市井で暮らしていた時期に知りあったわけですよね。後宮に入っているのが五年。衛家に引き取られたのは、その前でしょうから……えっと……ずっと衛妃が恋心を忘れていないのは、理解できます。しかし、どうして、いまになって？」

衛李心は五年、いや、もっと長い期間、相手を想っているのだ。どうして、いまさら事を起こしたのだろう。

「その男が、最近衛妃の前に姿を現したとすれば？」

「え……そんなことって——え？　え？」

後宮に入った妃嬪に会える男は、二種類だ。

皇帝と宦官である。

「初恋相手の幼なじみが、男を捨てて宦官になった事実に気づいたのよ」

「それって、衛妃を追ってきたってことですか⁉　本当ですか⁉　すごいです！」

夢鈴より先に、九思が叫んでいた。なぜか顔が嬉しそうだ。九思はこの手の話が好きなのかもしれない。以前も、女官の恋愛相談を聞いて喜んでいた。

「そうかもしれないし、そうじゃないかもしれない。だから、あんな方法で相談したんじゃないかしら。自分で聞けばいいのにね」

衛李心は妃嬪となって五年間、ずっと鶯貴宮にいた。下級の宦官などはお目にかかる機会がない高嶺の花だ。

そこに現れたということは、衛李心を追ってきた宦官が出世したのを意味する。

衛李心の前に姿を現した宦官は、当然、どうして自分がここにいるのかを説明できない。それは皇帝の妃に手を出す行為だ。また、衛李心のほうも宦官の真意を聞けなかった。

互いに黙っているしかないのだ。

ゆえに、衛李心は不安になってしまった。

「でも、泰隆様。その宦官は、衛妃を追って自宮者となるほど想いが強いのですよね……だったら、やはり衛妃に告げるはずだと思います。宦官となるのは、並大抵の覚悟ではありません。命を賭するのと同じです……わたしなら、衛妃に想いを告げます」

たとえ、衛李心から裏切られたとしても覚悟のうえだ。

となれば、男は宦官となったが衛李心についてはあきらめたか。見ているだけで満足しているのか。それとも、もう出世にしか興味がないのか。

そこが衛李心の悩みとなったのだ。

「そうかしら？」

泰隆は夢鈴の問いを一蹴した。

「そこまでする覚悟があったら、あたしなら妃を奪うわよ。これは男の目線での勘だから、まちがいないわ」

「勘、ですか」

「根拠の乏しい推測だから、勘よ。でも、彼は絶対にそうするわ」

泰隆はそう断言し、首をふった。

だが、宦官は実際、李心には手を出していない。強奪すると言うならば、二人で後宮から逃げるなどの行動を起こしてもいいが。

泰隆の勘を聞きながら、九思は両手をあわせて喜んでいた。「なんと情熱的な……」と熱い吐息まで漏らしている。やはり、彼女はこういうのが好きらしい。

「その宦官は頭がいいの。でなければ、鶯貴宮へあがれるまで出世しないわ。大家から妃を賜るつもりなのよ」

「賜る……？」

つまり、下賜だ。

朱国には古来より、主の持ちものを下賜し、家臣への褒美とする習慣がある。それは宝玉であったり、土地であったり、主の財産からわけられてきた。

後宮の妃は皇帝の所有物なのだ。夢鈴は好ましいと思わない考え方だが、この国には「妻を所有する」という概念がある。

後宮の妃嬪も、皇帝から家臣へ下賜される対象なのだ。珍しくはない。宦官とて、例外ではなかった。

「なるほど……それなら、合点がいきます。衛妃は不安になるでしょうが、宦官のほうは妃の下賜を乞うつもりなのだから、その前に少しでも噂が立つのはまずいですよね」

そして、妃の下賜を乞うのは、よほどの地位か功績がなければならない。ことに現皇帝の治世の官吏は実力主義だ。出世だけでは要件を満たさないだろう。目的が決まっているのだから、褒美の類も滅多に望まぬほうがいい。

「あれ」

夢鈴の頭に過る顔があった。

出世に貪欲で……自分から褒美を求めたことなどないと豪語し……鶯貴宮に出入りできる宦官が……いるではないか。

しかも、その宦官は女帝の札を持っており――。

「いやいやいや……まさか？」

夢鈴は首を横にふりながら、頭の中に浮かんだ顔を掻き消す。けれども、激昂して紅潮するふっくらと丸い顔や、小柄な体格、小うるさい高音の声は、一度思い浮かべると頭から離れなかった。

「なんか、ちょっとだけ残念です……」

夢鈴が言わなかったことを、九思が口にした。あからさまに落胆しながら息をついているので、夢鈴もどう取り繕えばいいのかわからない。

だが、考えてみてほしい。典型的な宦官とは、ああいうものだ。勝手に幻想を抱いたほうが悪い。

「まあ、推測だから。あまり詮索するのも下品よ。早く夕餉にしましょう」

言いながら、泰隆は鶯貴宮の名簿を閉じた。そして、荷物の整理を続ける。話は、ここでおしまいのようだ。

泰隆は名簿を見る前から、この件についての推測を立てていた。だから、あのとき衛李心に意味を伝えず札を渡したのだろう。

だとすると……衛李心の心は救われたのか。

彼女は迷っていたはずだ。思い人の心がどこにあるのか知りたくて。そして、自身の振る舞いについて悩んでいた。

そんな衛李心の悩みに対する答えが――あの女帝の札だったのだ。高明からその意味を知らされることで、きっと衛李心は救われるのだろう。

見返りを求めず、彼を信じなさい。

これが、今回の泰隆が衛李心に伝えたかった真意だと、いまさらながらに気づく。そして、衛李心の心を、高明は札を通して知ったはずだ。そして、夢鈴はあえて泰隆が易占牌ではなく、西占牌を使用した理由もなんとなく察する……朱国では、西占牌は珍しい。易占では、もしかすると衛李心自身が意味を調べてしまうかもしれないのだ。

やはり、泰隆の占術は人を救う。

口が悪くて言い方もひん曲がっているが、優しさにあふれているのだ。そんな泰隆の心根や占術が夢鈴は好きだった。

「しかし、互いに想いあうお二人など……本当に素敵です。どんなに遠い存在になったとしても、命を懸けてどこまでも追っていく……とてもとてもすばらしいと思います……！」

九思は声を高くしながら両手をにぎりあわせた。まるで、神にでも出会ったような表情だ。彼女の見あげる天からは、燦然と光の梯子がおりてきそうである。実際は、薄暗い天井なのだが。

「……命を懸けたところで、狗も喰わないわよ」

感激した様子の九思に、泰隆は辛辣な言葉を向けた。いつもどおりに口が悪い……が、夢鈴にはいつもと同じようには見えない。

空気がちがう。

九思もおどろいた様子で泰隆に視線を向ける。

「恋や愛のために死を選んだって……なんにも変わりはしないんだから」

泰隆の目線は、どこか遠くを見つめている気がした。

そこに彼がなにを見ているのか、夢鈴にはわからない。想像ができなかった。そして、いつものように彼の真意を読みとろうとしても……なにもわからない。

いまの泰隆の言葉に裏はないのだと、夢鈴は解釈した。

本心から、そう思っている。

いくら夢鈴が肯定的に考えようとしたところで、無駄だった。

どうして、泰隆はこのようなことを言うのだろう。

「無意味よ」

泰隆は最後の名簿の束を持ちあげて断言した。ここで話を切りたいのだと伝わって、夢鈴はなにも発せられない。

「……夕餉を持ってまいりますね」

泰隆に水を差される形となり、九思はすっかり気持ちが冷めてしまったのか、沈んだ声で厨房のほうへ向かっていった。

あのような言い方はなかったのではないか。九思だって、べつに深い意味があったわけでもないだろうに。

夢鈴は泰隆に忠言しようか迷う。

しかし、言えなかった。

もしかすると、これは泰隆自身に関係すること。彼が夢鈴にも言わずに隠している過去に踏み込む気がしたのだ。

最ものぞかれたくない部分。

「泰隆様」

それでも、おそるおそる唇を開いた。

「わたしは……泰隆様に救われました。あなたが救ってきた人だって、何人も見ました……でも、泰隆様はご自身をお救いできますか？」

泰隆はなにかを隠している。

そして、自身を救う術(すべ)がないのだと思う。

彼の占術は優しくて、温かくて……救いを与えてくれる。けれども、彼自身を救済するのは占術ではない。

「お手伝いしたいです」

泰隆が抱えるものがわからない。夢鈴には、彼のように優れた観察眼も、洞察力もなかった。秘密を持った依頼人から、すべてを引き出す技能を持ちあわせていないのだ。

自分が無力に思える。

泰隆の助手は、夢鈴のほかには務まらないと自負していた。しかし、それが彼の役に立っているのか不安になる。

そんな夢鈴に、泰隆は存外冷ややかな視線を向けていた。なにも触れるな。踏み込むな。拒絶の意が見える。

「泰隆様」

夢鈴はそれでも口を開いた。どんなに拒まれても、そこで黙ってしまったら自分ではないと思ったのだ。泰隆と出会う前の自分には戻りたくない。

なにせ、夢鈴はなんに対しても肯定的すぎるとお墨付きをもらっているのだ。であれば、こういうときこそ、発揮すべきだ。

「まず――走りましょう」

「…………は?」

　夢鈴の一言に、泰隆は顔をゆがめた。

「運動不足ではありませんか？　後宮は広いのです。明日から早朝に走りましょう。お供します。朝なら涼しいですよ。それから、裏の茂みならだれも見ていないので、素振りをしましょう。わたし、剣術は知りませんが……こう、木の棒を思いっきりふるだけでも、まったくちがうのです。あと、懸垂は外せませ――」

「ごめん、ちょっとなにを言っているのかわからないわ。それって、あなたの日課に、あたしも付き合えってこと？　なんで？」

　泰隆が頭を抱えながら夢鈴を制止する。

「汗を流せば、無心になれますので」

「どうして、そういう方向になってるの」

「健全な魂は、健全な肉体に宿るのです。まずは身体を鍛えれば、心も強くなると信じております！」

「たぶん、それ意味ちがうわよ！　いつもの理屈を押しつけないでくれるかしら!?」

　たしかに、いつもと言っていることが変わらない。夢鈴は切り口を変えてみることにした。

「泰隆様は、隠しごとの多いお方です。なにも教えてくださらないので……それって、つまり、わたしには泰隆様の悩みを解決する能力がないのだと評価されているわけですよね」

「………」

「泰隆様はとても聡明です。解決能力のない者に、無闇矢鱈と話しても無駄だと理解されている。だから、わたしの能力が足りないのです」

「あなた、卑屈になってない？」

「なっておりません。わたしは、いつもどおりに物事を肯定的に考えております。反省だってしていますよ」

「言い方が卑屈になってるわよって言ってるの」

「なっていません。色恋と卑屈は無駄だと、わたしは学びましたから。そのような愚は二度と犯しません」

夢鈴はそう言い切って、自分の胸に手を当てた。

「だから、わたしが泰隆様にできることは、お悩みの解決ではなく、お悩みを紛らわすお手伝いだと思いました。わたしが至らないのは反省し、精進するしかありませんが、だからと言ってなにもしないのでは、助手の意味がございません。精一杯、お手伝いさせていただきます。明日の早朝は、よろしくおねがいします」

「だからって、その方法は筋肉莫迦じゃないかしら！」

「はい！」

「いい返事すぎて、怖い」

あ、褒められた。いつもの泰隆である。

夢鈴は少しだけ笑った。泰隆はなぜか疲れた表情をしている。

「……あなたが、まったく役に立たないわけでもないんだからね」

泰隆の声から突き放すような冷たさが消えている。

「いつも感謝してる」

泰隆が素直にそのようなことを言うのは珍しい。本当に稀であった。夢鈴は、つい言葉の裏を考えそうになるが、これはどうやっても裏返らない。それに、すでに肯定的な言葉なので、裏返す必要がなかった。

夢鈴のせいではない。

そう伝えられているのだと気づく。

「わかりました……」

夢鈴は一瞬だけうつむくが、すぐに前を向いた。

「腕立て伏せと腹筋も追加いたしましょう。あと、懸垂です」

「ねえ、どうしてそうなるの!?　あなた、筋肉莫迦なの!?　あと、懸垂好きね！」

「もうしわけありません。背筋もしたほうが姿勢がよくなり、身体の均整もとりやすいですね」

「そういう問題じゃないわよ」

夢鈴はこういう問題だと思ったので、そのとおりに述べたまでだ。いま、できることを考えた結果、こうなった。

「ご心配なく、泰隆様。ちゃんと起こしてさしあげます！」

泰隆は朝が弱い。夢鈴と出会う前は、自堕落に夕刻まで住処で寝ていたようだ。いまは多少まともになったが、自分で起きるのは困難である。

「おまたせしました！」

夢鈴が意気込んでいると、九思が料理を持って部屋へ戻ってきた。燕貴妃から賜った大きな魚は、精蒸魚（ちんじゃんゆう）に変身している。

酒と生姜（しょうが）で白身魚を蒸しあげているのだ。箸を入れずとも、身がやわらかいのが伝わる。青々とした葱が添えられて、見目も美しかった。夢鈴が作ると煮崩れさせてしまうことがあるのだが、九思は料理が上手い。

「さあ、食べましょう」

九思が笑いながら、大皿を几に置いた。夢鈴も皿を並べる。いつも食事は三人で食べていた。

九思は下働きなので、同じ席に着くことは本来ありえない。しかし、翔家では普通の光景だった。満足に給金も払えないため、生活をともにするような関係となっていた。それで報償としていたのである。

　いまは飛び出してしまった実家だが、ときどき思い出すと懐かしい。

　夢鈴はそのころの光景を脳裏に浮かべながら、席に着いた。九思の精蒸魚は本当に美味しそうに蒸しあがっている。大皿に載った魚の身は、すぐにとりわけられるほどやわらかい。

「美味しい……！」

　口に含むと白身がふっくらとしており、ほろほろと崩れていく。酒と生姜、葱が生臭さを消していた。魚が新鮮なのはもちろんだが、味もしっかりついていて、非常に美味しい。

「本当ですねぇ。私も一緒に食べてしまって、よろしかったのでしょうか？」

　九思も顔を蕩かせながらうなずいていた。

「いいんです。食事は人数が多いほうが楽しいですから」

「ありがとうございます、夢鈴様」

　そう言いながらも、九思の箸は止まっていた。なにか戸惑っているようにも見える。

「九思？」

「あ……すみません。その……ちょっと思い出してしまいまして」

　九思は少しだけ笑って、食卓をながめた。

「以前にお仕えしていたお屋敷の話です。もちろん、このように楽しく食事をする機会などありませんでしたが……一度だけ、若旦那様のお食事におつきあいしたことがありまして。そのときが、今日みたいな立派なお魚だったのです。あ、でも、私はお酌をして若旦那様が食べるのを見ていただけですよ」

それは珍しい。翔家のような貧乏貴族ならともかく、「お屋敷」を持つような若旦那様が使用人と食事をするなど。

「宴席へ向かうはずだったのですが、体調を崩されてしまって……お一人での食事が寂しいとおっしゃっていました」

九思は懐かしむように目を細め、ほうっと息をつく。

「すみません、勝手に……あ！　すみません！　羹があるのを忘れていました。すみません、すみません！　持ってきますね！」

空気が悪くなったと思ったのか、九思は立ちあがって話を区切った。そして、厨房へと向かう。

「忙しい女ね……」

と、泰隆が息をつく。

「泰隆様は、べつに気にしなくてもいいのに。と、おっしゃりたいのですね」

「うるっさいわね。そこまでくると、あなた厚かましいわよ」

「ありがとうございます」

「褒めてないってば」

そんなやりとりをしていると、九思が戻ってくる。羹の入った鍋からは、海鮮の香りがした。こちらは干した貝を入れているようだ。

「あたしはいいわ」

羹の具材を見て、泰隆が顔をしかめる。実は貝があまり得意ではない。九思はすっかり失念していたようで「す、すみません……お魚にあう羹を、と思っていたら、つい……」と頭をさげる。

「いいわよ、食べないから」

泰隆は黙々と魚を食べる。本当に泰隆は、言葉が優しくない。本心はそうではないくせに。夢鈴はいつも、もったいないと感じてしまう。

「九思、もらいましょう。泰隆様は、二人で堪能しなさいと言っています」

夢鈴は深皿を差し出して、九思に羹を注いでもらう。温かくて、心地いい。とろみのついた汁の表面には、香ばしい油が浮いている。夢鈴は作ってくれた九思に感謝しながら、羹をすすった。九思も席について、自分の分を飲んだ。

いつもより、薬味が利いている。少し辛いような気もしたが、魚の味が淡泊なので均衡はとれていた。

「九思、ありがとうございます。美味しかったですよ」

　自分の分の魚と羹を完食して、夢鈴は笑った。

「…………」

　けれども、立ちあがろうとして異変に気づく。

　食べ過ぎてしまったのだろうか。猛烈な吐き気に襲われた。勝手に涙が出てきて、腹の奥からなにかがせりあがってくる感覚。思わず、口を両手で押さえた。

「う……」

　夢鈴よりも先に、九思がうずくまる。

　あ、駄目だ。吐き出してしまいそう……。

　どうしようもなく気分が悪く、夢鈴もうつむいた。

「ちょっと！」

　泰隆だけは、なんともないようだ。九思と夢鈴を小脇に抱えて、殿舎の裏手へと連れ出す。忘れてはならないのだが、さすがは男性である。と、関係のないことを考えている間にも、泰隆が夢鈴の顔に水をかけた。

　井戸の水である。洗い場のようだった。この時間は、だれも使っていない。

「吐け！」

　泰隆は夢鈴の口に指を押し込みながらうながした。そう言われたところで、簡単に吐けるわけが――。

結局、夢鈴は胃の中のものをすべて吐き出した。我も忘れて吐いてしまう。九思も同じだったようで、ひどい有様であった。

独立してから、女らしさを気取ったことはないが、嫁入り前の娘にあってはならぬ醜態だ。嘔吐したあとは、井戸水で口内を洗うと幾分かすっきりとする。

いったい、なにが起こったのか……夢鈴は気分が優れないまま考えたけれども、なにも浮かばない。

「夢鈴、九思を連れて行ってあげて」

泰隆はそう言って、夢鈴を立ちあがらせた。九思よりも、夢鈴のほうに余裕があると判断したのだろう。夢鈴はぼんやりとうなずき、九思と一緒に部屋へ帰る。

夢鈴がふり返ると、泰隆はその場に留まっていた。どうしたのだろう。違和感がありつつも、自分のことを考えるので精一杯だった。

「九思、大丈夫ですか？」

「……はい」

九思の顔色は恐ろしく悪かった。顔面が蒼白で、肩も震えている。あんなに嘔吐したあとだ。気分が優れないのは当然だろう。夢鈴だって、似たような顔をしているにちがいない。

頭を不安が過る。

毒を盛られたのではないか――。

夢鈴も九思も、こんなに気分が悪いなんて信じられない。

魚は燕貴妃からのいただきものだ。それを、高明が持ってきた……燕貴妃だって、高明だって、自分たちにはあまりいい感情を持っていない。

だが、引っかかる。

燕貴妃を怒らせたのは、魚をもらったあとだ。あれから忍び込んで毒を盛るなら、他の食材にするだろう。高明がなにかしたとしても、出世第一の宦官がこんなに杜撰な仕事をするだろうか。

でも、もしも……魚に毒が盛られていたのなら——夢鈴は我に返った。

「九思、部屋で休んでいられますか？」

夢鈴が確認すると、九思は不安そうにこちらを見あげた。まだ手が震えている。

きっと、怖いのだ。ここから離れないでいたほうがいいと、直感的に悟る。

「怖いのはわかります」

毒を盛られたかもしれないのだ。怖くて当たり前である。

「夢鈴様……」

九思が夢鈴の袖をつかんだ。

「すぐに戻りますから」

夢鈴は九思の手をにぎって、優しくさげる。気分が優れないが、できるだけ笑顔を作って安心させようと試みた。

そのまま踵を返して、来た道を戻る。

「泰隆様……」

走ることができず、よろめいてしまう。足元はおぼつかないが、夢鈴は井戸まで進んだ。

ここで負けては女が廃る。なんのために、心身を鍛えていると思っているのだ。正直なところ、気合いだけである。

「泰隆様！」

井戸の横で、泰隆がうずくまっているのが見えた。

嫌な予感が的中してしまう。

夢鈴はすぐさま、泰隆のそばに駆け寄った。不思議と身体が軽く感じる。

「おまえ……なんで休んでないんだ」

泰隆の肩を揺すると、最初に文句が返ってきた。日頃から習慣づけている女言葉も忘れているようだった。だが、指摘する余裕もない。

泰隆が嘔吐した形跡がある。身体が痙攣し、額には大粒の汗が浮かんでいた。九思や夢鈴よりも、顔色が悪そうに見える。唇も青い。

「泰隆様、しっかりしてください」

夢鈴や九思よりも効果が遅く現れたようだが、その分、強いような気がした。しかし、二人が吐くことで回復したのだから、泰隆だって同じようにすればいい。

医官を呼ぼうか迷うが、遠すぎる。夢鈴だって、いまは速くは走れない。ここで吐かせたほうがいいだろう。

泰隆は夢鈴たちとちがって羹を飲んでいない。まずは吐きやすいように、少量の水を飲ませて、横向きに寝かせる。

「酔った兄弟の介抱は、姉に教わりましたので」

仰向けだと、嘔吐物で口が塞がってしまうので注意する。

酔い潰れた人間と、毒物に当たった人間を同じにしてもいいのかは、脇におくとして。とりあえず、夢鈴は知っている知識を使ってみる。こういうのは、自分の数倍、書物に通じた姉のほうが得意だ……もっと、いろんな書物を読んでおけばよかった。

そうやって、しばらく四苦八苦していると、泰隆の様子がおちついてくる。苦しそうに小刻みだった呼吸がゆっくりと整い、顔色もよくなった。青かった唇に赤く、紅を引いたような色が戻る。

「泰隆様」

　呼びかけると、泰隆は視線だけで夢鈴を見あげる。夢鈴の膝を枕に寝ている格好で、満身創痍だ。いつもの毒舌も飛び出さなかった。

　なんとかなった……？

　夢鈴は危機を乗り切ったと実感する。息をつくと、肩から力が抜けるようだった。身体に疲労が押し寄せる。

　早く医官に診せないと。

「……このことは」

　泰隆はかすれた声で言いながら上体を起こした。そして、しっかりと夢鈴の顔を見る。

「このことは、だれにも言うな」

「え？」

　どうして。泰隆の意図がわからず、夢鈴は両目を見開いた。

「だれにも報告するな。医官に診せる必要もない」

「しかし、医官殿に……」

「必要ない」

　強い口調だった。口が悪いわけでもない。明確に泰隆は夢鈴に、命令しているのだと気づく。

「でも……隠しておくのは……碧蓉様には、ご報告するべきではないでしょうか」

魚を運んできた高明はともかく、その上の碧蓉には告げたほうがいいのではないか。

一応、夢鈴たちは碧蓉の招きで後宮にいるのだ。

だが、泰隆は首を横にふる。否だ。

「不要な死を防ぎたいなら、言うことを聞け」

不要な死？

こんなに強い言葉で命じられてしまったら……。

夢鈴は、うなずくしかなかった。

第三幕　手折られし華に、雀が一羽

一

翌朝の目覚めは、よくも悪くもなかった。

あれだけ激しく嘔吐したが……いや、嘔吐したおかげか、身体を動かすのには支障なかった。とはいえ、気分は最悪だ。

夢鈴(めいりん)が水盤に張った水をのぞくと、顔に疲労が色濃く出ている。洗うと、幾分か気分がよくなった。さすがに、朝から走る元気はないけれど、朝餉ぐらいなら食べられそうだ。いや、こういうときこそ、走るべきか……？

「夢鈴様……」

板で仕切った部屋から出ると、九思(じうし)が声をかけてきた。あいかわらず、怯えた様子だ。

「おはようございます、九思。わたしは泰隆(たいろん)様を起こしてきますね……いつも寝起きが悪いので」

九思は不安そうにうなずいた。

泰隆の言いつけどおり、夢鈴はなにも言っていない。九思には、泰隆も倒れたことは伏せていた。泰隆に口止めされたせいもあるが、いま告げても、九思を怯えさせてしまうだけである。

夢鈴は薄い壁で仕切られた泰隆の部屋に入った。

昨日、担ぎ込まれたままの状態で、泰隆はうつ伏せになっている。あのあと、ほとんど動かずに眠ったらしい。散らかった寝台や、足元に落ちた掛け布が物語っている。もう少し整理してあげればよかったが、あいにく、夢鈴にもそんな余裕はなかった。

夢鈴は足元に落ちた掛け布を拾う。

まだ深い眠りの中だ。夢鈴が近づいても、まったく動かなかった。

ふと。

このまま目が覚めないのではないか……昨日の泰隆は、夢鈴よりも症状が重かったように思う。一応、手持ちの薬に砕いた炭を混ぜて飲ませたが――医官に診せたほうがよかったのではないかと後悔してくる。

泰隆様がいなくなったら、どうしよう。

急に恐ろしくなった。胸の鼓動が耳まで届くほど、大きく鳴っている。呼吸が苦しくて、つらい。頭が真っ白で、冷や汗も流れてきた。

同じだ。

青楓が後宮に入ったときと……恋人が夜逃げしたと知ってしまったときと……恐ろしい喪失感で、自分がわからなくなってくる。

脆くて、痛くて、途方に暮れていた弱い夢鈴が、また出てきそうだ。ああならないように、身体を鍛え、明るいことだけを考えてきたのに――。

本質は、なにも変わっていない。夢鈴は……ずっと、夢鈴なのだと突きつけられるようだった。

「泰隆様」

夢鈴は呼びかけながら、泰隆に手を伸ばした。

肩に触れ、体温があることに安堵する。急に心がおちついてきた。額に浮かんだ汗を拭い、ゆっくり息を吐く。

「おはようございます、泰隆様」

泰隆はただでさえ寝起きが悪い。いつも根気よく起こしていた。夢鈴は普段どおりに、強く肩を揺する。

「……まない」

「ご気分が悪いですか？　それとも、寝起きが悪いだけですか？」

泰隆の目が薄らと開いたのを確認して、夢鈴は胸をなでおろす。

「…………」

泰隆はしばらく夢鈴の顔をながめていたが、やがて細く息を吐きながら寝返りを打つ。長い黒髪が肩からこぼれ、毛先が寝台の足元に落ちた。

「二度寝しないでください」

「二度寝なんて失礼ね。こういうときこそ、その花畑みたいな全肯定頭で、前向きに解釈なさいよ」

「無理です。わたしを買いかぶりすぎですよ。動けるなら、起きてください」

心配して損をした。これだけ口が回れば平気だろう。

ごねる泰隆を起きあがらせて、夢鈴は朝の支度をはじめる。とりあえず、顔を洗わせて化粧だ。泰隆の髪には毎日、夢鈴が櫛を入れていた。

凜可馨の黒い襦裙を着付けて、いつもの姿に仕上げていく。その間に、泰隆は眠そうな目を少しずつ開けて覚醒していくので、過程を見ていると面白い。

「平気そうで安心しました」

「平気じゃないわ。眠いもの」

「九思が朝餉の準備をしていますよ」

「そう」

あまり変わらない朝の光景だった。

けれども、夢鈴の心には影が差している。

「昨日のは……毒でしょうか」

「そうじゃなかったら、なに？」

夢鈴がおそるおそる聞くと、泰隆はこともなげに答えた。あまりに潔い。

「燕貴妃ですか」

「さあね」

「高明様？」

「さあね」

泰隆の答えは判然としない。

「魚を贈ったのは燕貴妃で、それを運んだのは高明様です。お二人とも……その……可能性はあると思います」

自分の考えはまちがっているだろうか。しかし、言いながら二人ともちがう気もしていた。泰隆に答えあわせを求めるが、彼は首を縦にはふらなかった。

「わからないわよ」

「泰隆様でも？」

「あたしのこと、買いかぶりすぎよ」

さきほどの言葉をそっくり返されてしまったようだ。

「わかっていたら、わざわざ毒なんて食べないわよ」

たしかに……泰隆の洞察力は鋭い。それでも、魚に毒が盛られていると気がつかずに食べてしまった。この時点でだれが盛った毒かわかるくらいなら、最初から見抜けていたかもしれない。

「泰隆様も万能ではないのですね」

泰隆にも、わからないことがあるのか。素直な感想としてつぶやいた。

「万能な人間なんて、いるわけないでしょ」

目を伏せ、泰隆は吐き捨てるように言った。

それが噛みしめるような言葉だったのが夢鈴には引っかかってしまう。

しかし、泰隆は夢鈴の質問を受けつけないかのように、立ちあがる。触れられたくはない、ということだ。

「おぼえておいて」

泰隆は夢鈴をふり返らずに声を発した。

「常勝だとか、万能だとか、そんなものはまやかしよ。どこかで帳尻をあわせて、そう見えるようにしているだけ」

言葉が心にのしかかるようだった。夢鈴はなにも返せぬまま、呆然と泰隆の背を見てしまう。

泰隆が部屋の戸を開けたことで、話は完全に区切られた。

「あ……」

扉の向こうでは、九思が朝餉を並べているところだった。泰隆の姿を確認するなり、九思は一瞬、肩を震わせる。

「おはよう」

泰隆は短くあいさつして、何気ない様子で席に着く。九思には泰隆も倒れたとは告げていないのだ。そのように振る舞っているのだろう。

「おはようございます……昨日は、ありがとうございました……」

九思はひかえめに言いながら、朝餉の粥を差し出した。手が震えている。なにかを口にするのが怖いようだった。

「大丈夫よ」

けれども、泰隆は九思の手から粥を受けとる。そして、そのまま匙を使って口に入れた。

いつもは夢鈴や九思が毒味に一口食べてから手をつけるのに。と言っても、昨日はやや遅効性の毒だったようで、全員に症状が出てしまったのだが……。

夢鈴は泰隆を止めようと手を伸ばしかけたが、やめた。

「九思、食べましょう。大丈夫ですから」

そう言って、夢鈴も粥を食む。

泰隆は怯えている九思より先に食べて、安心させたいのだと思う。

やはり、泰隆は優しい。自分もあのような目に遭ったばかりなのに。夢鈴は自然と笑顔になりながら、泰隆を横目で見る。泰隆は何食わぬ顔で、海老の粥を食べていた。

「はい……」

やっと、九思も粥を食べはじめる。

食卓に会話はなく、静かな時間がすぎた。


騒ぎの報告はだれにもしていないが、やはり通常どおりに働くのは不安だ。

本日は凛可馨の占術を休むことにした。泰隆だけではなく、夢鈴や九思も万全ではないのだ。そうするほうがいい。

しかし――。

「ねえ、夢鈴。知っているかしら？」

今日は一切の占術は行わないと知らせたはずなのに、一人だけ占術部屋の門戸を叩く者があった。

「聞いていますよ、月麗妃」

「だから、雨佳でいいの……そう呼んでほしいわ……」

夢鈴と向かいあって茶を飲んでいるのは、月麗妃――月雨佳であった。

虎麗宮での一件以来、ときどき、茶を共にしている。あれから、雨佳は朝儀にも参加するようになり、交友が広がったようだ。だが、夢鈴との関係も続いている。

数日に一度、虎麗宮に招かれていたが、今日は断った。すると、このような後宮の隅だというのに、雨佳はわざわざ夢鈴に会いに来たのである。雨佳は夢鈴の茶会仲間のようなものになったが、四妃の位を持つ妃だ。戸惑いつつ、せっかく来ていただいたのだから持てなさないわけにはいかない。

雨佳はずいぶんと明るくなった。

最初は虎麗宮から出るのも怖がって、侍女たちが手こずったようだが……本人にも「外へ出なければ」という意思があった。結果的に、雨佳は虎麗宮から出て、毎日の朝儀に出席している。

まだ茶会は夢鈴としかできないのだが。

というより、妙になつかれているような気がする。占術を行ったのは泰隆なのに、いつも話しかけるのは夢鈴のほうだった。名で呼び、友人のような接し方を求めてくる。

「近ごろは……いろんな方とお話しするのよ。だから、噂も聞くの……ねえ。知っているかしら、夢鈴？」

桃饅頭を頬張る夢鈴の前に、雨佳は顔を寄せた。前のめりになる様子が、子犬かなにかのようで愛らしい。そして、こうして間近で見ると、とても魅力的な妃だと感じてしまう。皇帝は早く雨佳の魅力に気づくべきだ。そして、青楓を返してほしい。

「また雀麗宮に出たらしいの」

「雀麗宮？　出た？」

雨佳は興奮しており、言葉が足りていない様子だった。引きこもりを脱したかと思えば、好奇心旺盛になったきらいがある。いまは外の世界が楽しくてしょうがないのだろう。後宮は広いようで狭い箱庭のようなものだが、雨佳にはちょうどいい大きさなのかもしれない。

「幽鬼です、幽鬼。わたくしを呪っていた麗妃の幽鬼……」

呪っていた、という言い回しには語弊しかない。たしかに、雨佳は呪われて虎麗宮にこもっていたとされるが……実際はただの引きこもりだったではないか。

しかし、そこを指摘するのは野暮である。夢鈴は笑って、その部分は無視しておいた。

「また取り壊し作業が中断なのですって……本当に怖い」

と、言いながらも、雨佳は両目を煌めかせていた。明らかに、怖がってはいない。噂話に興じる女子そのものである。なにを話しても彼女には新鮮なのだ。

「取り壊しは……雀麗宮のことですか？」

「そうよ。早く壊してほしいのに……」

雀麗宮は代々の麗妃が住まってきた宮である。

雨佳の前に麗妃であったのは、蘭家の雪莉（しゅえり）だ。

朱国における武の要とも言われた蘭家の娘であった。現皇帝が即位する前、将として活躍していた時代には、ともに戦場に立ったと聞く。蘭雪莉はとても強い女性だったようで、武勇も多く残っていた。

だが、蘭家は謀反を起こす。

隣国である金との戦いに決着をつけず、和平を結んだ皇帝の政策に反発したのだ。親交の深かった楚家と組んで、再び金国との戦争を起こそうと企んだのである。

蘭雪莉も金国との戦争を望み、自ら後宮に入り、機会をうかがっていたようだ。しかし、失敗に終わる。

蘭家も楚家も一族郎党皆殺しとなった。

もちろん、麗妃の位を戴いた蘭雪莉もである。彼女と皇帝の間には皇子もいたが、見逃されることはなかった。

以降、麗妃の宮であった雀麗宮には、蘭雪莉の怨念が宿っていると言われるようになったのだ。幽鬼が漂っているとか、異界に引きずり込まれるとか……夢鈴も後宮に来てから様々な噂を聞いた。

しかし、新しく麗妃となった雨佳の呪いに関しては、まったくの無関係である。ほかの現象についても、なにか裏があるのではないかと邪推してしまう。

蘭家の謀反は現在の皇帝、紅劉にまつわる話の中で唯一の汚点だとされている。

紅劉帝と言えば、先帝の時代に存在を秘匿されたまま育てられ、武官として活躍したという異例の過去を持つ。常勝の将として名を馳せた後、先帝の崩御と同時に帝位継承争いに名乗りをあげた。すでに民衆に人気があり、皇城の高官も取り込んでいたため、その勢いのまま即位した経緯がある。時代の風雲児だ。

巷には英雄譚とも呼べる書物が出回り、演劇の演目にもなっていた。

だが、蘭家の謀反を支持する者も思いのほか多く、金国との和平を優先した政策にも疑問の声があがったのだ。

雀麗宮の幽鬼も、皇帝の印象を操作するために、だれかが流した噂ではないか……。

「不安なのよ……」

雨佳は「はあ……」と深いため息をつきながら頬杖をついた。

「雀麗宮が取り壊されてくれないと、また呪われてしまうかもしれない」

「いえ、雨佳様の場合は呪詛ではなかっ――」

「呪いのせいで、外に出るのが怖かったのかもしれないでしょう？　凜可馨だって、おっしゃっていたじゃない。すべて巡りあわせだって」

「それは……」

たしかに、そうだ。占術とは巡りあわせを読み解く術である。すべての事象には、要因があるのだ。だから、雨佳の言っていることは、正しいかもしれない。否定するには、まず「呪詛などない」と証明しなければならなかった。

「それに、雀麗宮の取り壊しが進まないと、わたくし困るの。どこへ行っても、呪われた麗妃と噂されているのだから。麗妃の宮がいつまでも、二つあるのもおかしいわ。きっと、お父様だって、お困りになるはずよ」

実際に呪詛なのかどうかはおいて、雨佳の言い分は正しかった。取り壊しが進まないのも、よくない。幽鬼が出るなどと噂される建物がいつまでも残っていること自体が、後宮に陰湿な空気を漂わせる。

それも、謀反を起こした妃が住んでいた宮だ。大げさかもしれないが、皇帝にとっても邪魔だろう。

「ねえ、夢鈴は占えないの？」

「え、わたしですか？」

「そうよ。助手なのでしょう？　本当に呪詛かどうか、占ってみましょうよ」

困った。

夢鈴は占術を学んだわけではない。だが、凜可馨の助手として、泰隆の通訳をするため、占術の知識は持ちあわせている。と言っても、手法や暗示について暗唱できる程度のものだ。最低限である。

だからと言って、わざわざ泰隆に占わせるのも迷った。

雨佳は個人的に夢鈴との茶会を楽しんでいるのだ。そのため、泰隆には奥にいてもらっている。会話くらいは聞いているだろうが、これは私的な茶会だ。

それに、やはり泰隆は体調が優れないようだった。本人は平気なふりをしているが、明らかに夢鈴よりも症状が重い。いまごろ、寝台で横になっていることだろう。夢鈴のほうは、もうすっかり身体はいいのだが……同じ毒なのに差がある。

「簡単なものでよければ……」

迷ったすえに、夢鈴は首を縦にふった。雨佳は「そうこなくては」と、両手をあわせて嬉しそうに笑う。

単に占術をしてほしかっただけでは……？　と、夢鈴は息をついた。

いままで、父親に従ってきたのだから、なにかに頼りたい気持ちは理解できるが、あまり頼りすぎるのはよくない。夢鈴も適切な関係を保てるように努めていた。この場合は……おそらく、好奇心のほうが強いと思うので、例外的に希望を叶えることにする。

夢鈴は立ちあがり、店の書架を物色した。

「書物？」

雨佳が首を傾げる。夢鈴が出したのは、紙を糸で綴じた「本」であった。西域から入る洋式製本を真似ており、頁がめくくれる。

「書占術です。卜術の一種ですが……簡単に言うと、頁を開いた箇所で結果を見る占術ですね」

夢鈴は説明しながら、頁をめくる。

「札を使った卜術の源流とも言える方法です。今回は雀麗宮が呪われているかどうかを見てみましょう」

雨佳は夢鈴の説明を理解しているのか、いないのか、「早く、早く」と目を輝かせた。占術という行為そのものに期待を寄せている。

夢鈴は手早く書物の適当な頁を開く。

書物は易占に関するものだ。陰と陽の組みあわせを卦と呼び、ここには六十四卦すべてが記されている。開いた頁の結果を見ればいい。易占牌が本の形になっているという感覚だ。簡単にできる占術だが、泰隆に言わせれば奥が深い。小説などの頁から読み解くほうが一般的だが、夢鈴は最も簡単な方法を選択をした。

頁から導かれる卦は——。

「震為雷(しんいらい)……見かけ倒しや想定外の厄災を暗示しています。冷静さを欠くと、悪い方向に事態が転がる……つまり」

「つまり？」

「たぶん、呪詛など見かけ騙しのまやかしでございます。きっと、なにか裏があるのでしょう。雨佳様には関係ないと割り切って、放っておいたほうがいいのでは？」

夢鈴は結果を大ざっぱに読み解き、雨佳に伝える。

雨佳は両手を頬に添えた。

「そうなの？　呪詛ではないなら、安心だわ！　本当に不安だったから」

言いながらも、雨佳は声を弾ませていた。そして、前のめりになって夢鈴の手をにぎる。

「だったら、雀麗宮の幽鬼の正体を探らなくては、ね。呪詛などないのだったら、みなさまの誤解を解かないと」

「え？」

夢鈴が聞き返すが、雨佳は聞いてなどいなかった。

「ほら、悪い方向に転がるかもしれないのでしょう？」

「いえ……そういう意味もありますが……」

「占術を聞いて行動するかどうかで未来が決まるものなのでしょう？　だったら、わたくしは動きたいの。そのほうが楽し――いいえ、わたくしのお父様も、そうしろとおっしゃると思うから」

「言いますかね？」

「言ってほしいわ」

雨佳の願望ではないか。

たしかに、迷ったときは「お父様なら、どうしろと言うか考えればいい」と提案してみたが……いや、自分の願望に従って物事を考えられるようになったのは、いいことだ。なにも決断できず、虎麗宮にこもっていた雨佳ではない。明確に変わったのだとわかる。

その気持ちを尊重したいという思いも、夢鈴にはあった。

「………………」

雨佳に続いて、雀麗宮の呪詛まで解いたという話が広まれば、凛可馨の後宮での地位は盤石になるだろうという打算もある。

昨日、燕貴妃を怒らせたばかりだ。彼女が毒を盛ったかどうかは定かではないが、やはり悪評は覚悟しなければならない。昨日は平気だと言ってみせたばかりだが、やはりそれを打ち消す実績も欲しかった。

「凛可馨に相談してみます」

問題は、泰隆が乗り気になるかどうかである。

「駄目よ」

雨佳が虎麗宮へ帰ったあと、泰隆が部屋から出てくる。彼が夢鈴の顔を見るなり放った一言が、これであった。会話を聞いていたらしい。

こうなると予測していたものの、開口一番言われると、夢鈴にはどうしようもなかった。

「泰隆様、しかしですね……」

「駄目ったら、駄目。噂話の調査なんて、占術師の仕事じゃないわ」

「でも……最初に、雨佳様の呪詛を解いたという触れ込みで評判が広まってしまったので――」

「それとこれとは、全然ちがうでしょ」

「ちがうでしょうか?」

「ちがうわよ。べつにいいでしょ、仕事なんてしなくたって給金はもらえるんだから」

それもそうなのだ。なにもしなくたって給金は支払われる。

姉を取り戻すには心許ない額だが……というより、皇帝の寵妃だと聞いてから、夢鈴だって現実的ではないと気づいていた。お金で解決するような話ではない。夢鈴には大金を短期間で稼ぐ理由がなくなった。

占術の商売を軌道にのせる必要はないのだ。

夢鈴は有効に言い返せないまま、唇を噛む。

お金のために……いまは理由ではないと思う。

雨佳に頼まれたから……それは大いにあるのだが、釈然としなかった。

夢鈴はしばらく考える。

「ほら、表に出なさい」

泰隆から指摘され、夢鈴はだれか来ているのに気づいた。足音が聞こえる。

毎度、泰隆は耳がいい。それだけではなく、会話の途中でも外の足音に気づけるのは、常に周囲へ意識を向けている証拠だ。市井にいるときも、そうだった。

まるで、いつもなにかを警戒しているようだ。

「もうしわけありません。本日、お店は――」

慌てて表に飛び出ると、宦官の高明が立っていた。

店を訪ねようとしていたようで、先に夢鈴が出てきたことでおどろいている。夢鈴のほうも、高明だと思っておらず固まった。

以前に、泰隆が足音で宦官かどうかを判別していたので、そうしておけばよかったと、あとで気がつく。

「これは……高明様。どうかされましたか？」

夢鈴は引きつりそうな顔に笑みを作った。

高明に対しては、どのように接するのが適切なのだろう。彼は夢鈴たちに毒を盛ったかもしれないのだ。

しかし、燕貴妃ならともかく、単なる嫌がらせで毒を盛るか、という疑問もある。

高明は碧蓉に対抗意識を持ち、凜可馨をよく思っていないが……それに、衛李心の件も気になるのだ。

本当に高明の出世の目的が衛李心の下賜だとすると、やはり毒を盛るのは合理的ではない。露見した場合に、なんの目的も果たせなくなるからだ。

「いやあ、べつに……昨日は助かったと、お伝えしにまいっただけです」

高明は夢鈴から目をそらせながら、服の袖で両手を隠す。その仕草がおかしくて、夢鈴は思わず気がゆるんでしまった。

不服そうだが、恥ずかしそうでもある。

「……お妃様には、お伝えできましたか？」

聞いてみると、高明はわずかに肩を震わせ、「え？　あ、ああ、お伝えもうしあげました」と言葉を濁した。

「そうですか。お妃様のお役に立てて、よかったです。次回は、ぜひともお部屋で占術をさせていただきたいと、お伝えください」

　夢鈴はそうやって、慇懃に頭をさげる。

「妃があなた方を受け入れるかわかりかねますがね……伝えるだけ伝えておきましょう」

　高明は文句を添えながらも、夢鈴に礼を返してくれる。泰隆よりは口がずいぶんといいが、あまり素直ではない宦官だ。

　やはり、高明が札を預かった妃は、衛李心なのだろうか。

　それを直接聞くのは野暮だ。勝手に推察したとわかるのも、高明にとっては気持ちがよくないだろう。

「………………」

「なにか?」

　ぼんやりと高明を見つめてしまっていた。

「いえ……」

　夢鈴は首を横にふりながら、思考を正そうとする。

　けれども、やや考えてから口角の端をあげて笑った。

「ところで、高明様」

　夢鈴が話をふると、高明は「まだなにか?」と言いたげに眉を寄せた。彼としては、礼を述べたあとは早々に帰りたかったようだ。そんな高明の肩に手を置き、夢鈴は少し声を大きくした。

部屋の中にいる泰隆に聞こえるように。

「雀麗宮の幽鬼について、知っておられますか？」

「あん？　ああ……連日、みなが噂しておりますな。それがなにか？」

「お妃様たちからも、うかがいましたよ。とても不安で仕方がないと、毎夜震えていらっしゃるとか……」

多少、大げさな言い回しだが、かまわない。夢鈴は袖で涙を拭う仕草をしつつ、高明と目線をあわせた。

「たしかに、妃嬪からそのようなお声は絶えませせぬが――」

「そうでしょう。わたくしも後宮へ来て噂を聞いたときは、震えあがりましたとも……この状況、なんとかしたいと思いませんか？」

高明は不思議そうにしていたが、やがて「ふむ」と考え込む。

「凜可馨殿なら、どうにかできるとでも？」

「もちろんですとも。月麗妃の件は、ご存じでしょう？」

大げさな夢鈴につられたのか、それとも、気分が高揚してきたのか、高明の声まで大きくなってくる。

これは……もう一押しで落ちそうだ。夢鈴は確信しながら両手を広げた。

「雀麗宮に入るご許可をいただけませんか」

瞬間、部屋の中から音がした。窓から泰隆がこちらを見ているのだろう。これだけ大声で会話していれば、当然だ。聞かせているのだから。

しかし、いま泰隆本人が抗議するわけにもいかない。実際、泰隆の気配はするが、出て来ない。

「凜可馨が必ず、迷える幽鬼を鎮め、後宮に平穏を取り戻してご覧に入れましょう」

「むむぅ……」

高明はむずかしそうな顔で、顎をなでている。

もう少し押す必要があるか……夢鈴は、そっと高明の耳に口を寄せた。

「蘭家の幽鬼だなんて、大家もさぞ頭を悩ませていることでしょう。一刻も早く、雀麗宮を壊したいのではないですか？　幽鬼騒動のせいで、何度も中止になっています。しかしながら、放置は得策ではないはず……」

高明の顔色が明らかに変わった。

これは、当たりだ。いける。

「此度の件を、高明様から正式に依頼してくだされば、大家のご評価もあがるでしょう。また、雀麗宮については月麗妃も頭を悩ませておられます。高明様のお取りなしがあったと伝えれば……」

「む……！」

高明が興味深そうに開眼した。

雨佳が外出するようになったのは最近である。虎麗宮には、まだ限られた人間しか入れてもらえず、上級妃嬪候補もあいかわらず住んでいないらしい。

高明としては、ここで新しい麗妃にも顔を売っておきたいだろう。

「後宮に凜可馨をお招きくださったのは碧蓉様ですが……いまのところは、なんのご依頼もございませんし」

「ふむ……」

出世欲の強い高明をあおる文言を並べ、夢鈴は満面の笑みを作った。

後宮に凜可馨を召喚したのは、碧蓉だ。しかし、占術の依頼主となればべつである。手柄は碧蓉ではなく、依頼をした高明のものになるだろう。それぐらいの立ち回りは心得ているはずだ。

同時に、高明はこうも考えている最中だろう。

たとえ、失敗したところで、失態は碧蓉になすりつけられる、と。

出世には必要な打算だ。危機管理をしつつ、上昇する方法を考えなければならない。

能動的にだれかを陥れる必要はないが、駆け引きは必要だ。

　いま、夢鈴は高明に対する見識を改めた。この宦官は出世欲が強く、碧蓉に対抗心を燃やしている。嫌みを言ったり、多少の嫌がらせをしたりするが……積極的に相手を蹴落とすことは、あまりしないようだ。善良とまでは言えないが、悪質ではない。

　夢鈴は高明という人間を勘違いしていたのだと実感する。

　そして……彼が毒を盛ったかもしれないという疑念も消える。証拠があるわけではないが、そんな気がするのだ。

「あいわかった。雀麗宮の騒動を鎮めることを、凜可馨殿に依頼しよう」

　高明は、わかりやすく顔をにやつかせながら返答する。夢鈴も同じような表情で応えた。

　部屋の窓から舌打ちが聞こえたが、それは気のせいだ。

二

　拝啓、青楓姉様。

　お元気でしょうか。後宮にいるからでしょうか。近ごろは文のお返事が早くて助かります。お姉様のおそばだと実感でき、夢鈴は嬉しく思います。

　先日、姉様のご活躍について小耳にはさみました。もう遠い存在になってしまわれた気がして、とても寂しいです。大家はよいお方なのでしょうか。わたしはお会いしたことがございませんので、心配しかできません。

ところで、雀麗宮の幽鬼騒動についてなにか知っていますか？　もしくは、先代の麗妃と面識はあるでしょうか。実は、占術師の業務の一環で雀麗宮を調べています。なんでもかまいませんので、教えていただけたら助かります。

翔夢鈴

拝啓、夢鈴。

あいかわらず、元気そうでなによりです。

私の話を聞いたですって？　きっと、それは別人ですよ。ほかの翔青楓さんではございませんか？　騙されてはなりません。いいから、あなたは私のことを気にしないようにしなさい。よいですね。私のような年増で地味な女を大家が気に入るはずがないのです。

そして、雀麗宮ですか。興味深い話題でしたが、実際は取り立てて面白みのない、つまらない話でしたよ。生前の蘭麗妃については、存じておりますが、こちらもよくある類の話です。調べると言うなら、止めはしませんが……もう少し、生産的なことに時間を使ったほうがいいと思いますが。

夢鈴、あまりいろいろなものに首を突っ込まないのが身のためです。安全に有意義な生活を営みなさい。

翔青楓

青楓からの手紙の返事に、夢鈴は胸を打たれる。

夢鈴を心配させまいとして……後宮に翔青楓などという名の妃は一人しかいない。そして、鶴恵宮で上級妃嬪候補として暮らしているのも、名簿で確認したので事実であった。だから、青楓の嘘はすぐにわかる。

もしかすると、青楓を寵愛する皇帝陛下は、あまりいい男ではないのかもしれない。市井に出回る絵姿や読みものでは、とても英雄的で凛々しい様が語られている。だが、実際はそうとも限らない。蘭家についても情けをかけず、一族郎党皆殺しにしてしまった皇帝である。その処遇自体は珍しくないものだが、前時代的だと非難もされたと聞く。

冷酷非道なのかもしれない。もしくは、暴力的。

ありえない話ではない。だから、青楓は夢鈴を心配させないためにとぼけているのだ。

お金での解決はむずかしいと悟ってきたが……なんとか、姉を救い出せないだろうか。夢鈴はじっくりと作戦を練り直す必要があると感じた。衛李心を手に入れるため宦官になった高明のように。

なにか、いい方法を考えなくては。やはり、青楓は来るなと言っているが、鶴恵宮へ乗り込むしかないのだろうか――。

「う……つい、悲観的な想像を……」

夢鈴は自分の想像があまり前向きではないと気づき、首を横にふる。

青楓は気にするなと言っているのだ。皇帝だって、いい男かもしれない。恋だの愛だのに青楓がうつつを抜かすとは思えなかったが、実際は仲睦まじい可能性だってある。そもそも、皇帝に気に入られて不幸なはずがない。なにせ、青楓の言う「利のある結婚」そのものなのだ。

そう考えよう。そうしよう。悲観的になるなど、鍛錬が足りていない証拠だ。鍛えないと。

「夢鈴様」

夢鈴が真剣に悩みながら腕立て伏せをはじめると、うしろから九思の声がする。頼みごとをしていたのを、すっかり忘れていた。夢鈴は切りのいい回数で腕立て伏せを中断する。

「お品は、本当にこれでいいのでしょうか?」

九思は木箱いっぱいに、指示した品を詰め込んでくれていた。布やら、敷物やら、諸々である。秘密道具のようなものだ。物品を一つずつ確認して、夢鈴は力強くうなずいた。

「大丈夫です。運びましょう」

「はい、夢鈴様っ」

九思は弾んだ声で返事をし、箱を持ちあげた。だが、重かったようだ。すぐに重心を崩してしまった。

夢鈴はとっさに九思の肩を支える。

「あ、ありがとうございます……」

「いいえ、かまいませんよ。代わりに持ちますね」

「いえ！　そんなことまで、させられません！」

このくらいなら平気なのに。だが、九思は夢鈴に箱を持たせてくれなかった。

「………………」

一方、部屋の奥で不機嫌そうにしているのは泰隆だった。蓋頭で顔は見えないが、苛立ちが伝わってくる。

「泰隆様、もうしわけありません。勝手な真似をしました」

謝ったくらいで泰隆の機嫌がなおるとは思えない。夢鈴は泰隆が嫌がった案件に、自ら首を突っ込んだのだ。

　これればかりはいつまで経っても不機嫌だった。

「あたしは嫌って言ったわよ」

「それは……わかっています」

「関わりたくない」

　泰隆の態度は変わらない。頑なに拒む理由が夢鈴にはわからなかった。

　けれども、夢鈴にだって、行動に出た理由がある。

「やっぱり……わたしは泰隆様の占術を広めたいのです」

　占術が上手くいかなくたって、生活はできる。姉の身請けはお金の問題では解決しないことも理解した。

　しかし、夢鈴が泰隆の助手をするのは、それらのためだけではない。そんなものは副産物である。

「ここには、たくさんの悩みがあります。雨佳様のような妃は極端かもしれませんが……それでも、多くの人に救われてほしいのです」

　夢鈴や雨佳のように。

　やはり、夢鈴は進むのをやめたくなかった。泰隆の助手になったのは、彼の占術を広めたかったからなのだ。そのためなら、やれることをしたい。

泰隆が拒む理由が気がかりだが……。

夢鈴としては、後宮へ来ること以上に嫌がる理由がわからなかった。正直な話、男なのに後宮という壁を越えてしまった泰隆に、怖いものがあるだろうか。いや、ない。

「泰隆様は……なにかご存じなのですか？」

直感だった。

泰隆は夢鈴に、ずっと自分の過去を語らない。

だから……もしかすると、泰隆は蘭家と関わっていたのではないだろうか。泰隆の教養や言動には、上流階級をにおわせるものが多い。謀反を起こすまで国の中枢にいた蘭家と接点があってもおかしくはなかった。

泰隆は顔をあげようとしない。蓋頭のせいで、表情も見えなかった。

「蘭家について、高明様より情報をいくらかいただきました。あと、後宮での噂についても調べました。参考程度ですが……」

蘭家の娘であった蘭雪莉には、幼いときより許嫁がいた。楚玖鶯（そくおう）という男だと、記録にはある。

蘭雪莉は武家の娘らしく武芸に優れ、また将としての才能が開花した。女だてらに武官となり、やがて金国との戦に身を投じる。その当時は先帝の時代で、現皇帝とも同じ戦場に立ったようだ。許嫁の楚玖鶯は、蘭雪莉の部下だったらしい。少々奇妙な関係だが、両者の仲は睦まじかったという。

もしも、蘭雪莉と楚玖鶯の関係が当時のまま保たれていれば、蘭家の謀反は防げたかもしれない。むしろ、紅劉帝と袂を分かった蘭家を止める立場に、彼女はなれたのではないか――。

しかし、そうならなかった。逆である。

実際には、蘭雪莉と楚玖鶯の縁談は進まなかった。

金国との戦争の最中に、楚玖鶯は戦死している。

朱国側の失策であった。魯桟口（ろざんこう）で蘭雪莉の軍が挟撃にあい、孤立してしまったのだ。その際、楚玖鶯が殿（しんがり）を務め、戦死したらしい。

許嫁を失ったことが、彼女を狂わせたのだと、後宮の噂話では語られていた。謀反へと舵を切る蘭家の中心となったとも言われている。

あくまでも噂だが……蘭雪莉の行動を考えれば、納得がいくものであった。怨念が雀麗宮に残り、幽鬼となったという話にも説得力がある。

「泰隆様は……先代の麗妃と関わりがあるのでしょうか」

なんの根拠もない勘である。ただ泰隆が嫌がる理由について、こじつけてみただけだ。

「…………」

泰隆は口を閉ざした。

それで、夢鈴は直感を確信に変えてしまう。

「……直接の関わりは、ないわ」

ようやく、泰隆が重い口を開いた。夢鈴の問いから、ずいぶんと時間が経っていたようにも思う。

「つきあいと呼べるものはない。でも、面識はあった」

その言葉は、核心には触れないよう、遠回しに選ばれたものだ。同時に、泰隆が自分のことを語らない理由の一端が伝わってきた。

夢鈴の推測は、当たってしまったようだ。

「おやめになりますか？」

無理をさせてしまった。直感して、夢鈴はそう問う。

泰隆は夢鈴を見あげた。蓋頭を手で払い、目と目があう。

「わたしが一人で調べます。大丈夫です。ずっと泰隆様の助手をしているのですから、それなりに上手くやれるはずです。凜可馨は一度も素顔を見られていない占術師です。わたしでも成りすましは可能でしょう。ほら、重たい荷物も持てますので」

「いま、筋力は長所でもなんでもないんじゃないの？」

冗談っぽく笑うと、泰隆が呆れた顔で返した。

「そうですか？」

夢鈴は襦の袖をまくりあげてみせた。自慢できるようなものではないが、しっかり引きしまった腕だと自負している。力を入れると、多少の筋肉が盛りあがった。

「ほら、ご覧ください」

「それ意味ないでしょ、いま。あと、男の前で無闇に肌を晒すものじゃないわ」

「細かいところを気にされますね……」

「気にしなさいよ！」

泰隆は頭をかいて、深い息をついていた。

「わたしは泰隆様を振り回してばかりですので……もうしわけありません」

自覚はあるのだ。

泰隆は占術で商いをするつもりなどなかった。しかし、夢鈴が彼を誘ったのである。

泰隆は嫌がらなかったが、本意ではなかっただろう。

そのせいで、後宮へ来ることになり……いまに至っている。

きっと、泰隆が望んだ未来ではなかった。夢鈴がゆがめてしまったのだ。

「……勘違いしないで」

泰隆は蓋頭をかぶりなおし、重い腰をあげる。

「あなたは――いや、おまえは俺の人生を狂わせたわけじゃない。歯車を動かしたんだ。そして、実際に動いたのは、おまえではなく俺だ。そこをまちがえるな」

いつもよりも強い口調であった。命令のように高圧的で、萎縮してしまいそうだ。どうしてだろうと考える間もなく、泰隆が女言葉をやめているからだと気づく。これがあるから、言葉づかいを改めているはずなのに……否、この場合は、あえてである。泰隆は、わざわざ強い言葉を選んでいるのだ。

夢鈴にわからせるためだ。

「泰隆様の……ご意思ですか？」

すくみあがってしまいそうになりながら、夢鈴は問う。

「そうでなかったら、ここまでうんざりしていない。不本意だ。最低だ。最悪だ。吐き気がする」

泰隆は男っぽく言い捨てながら、苛立った様子で几を叩いた。あまり行儀がよろしくない。やはり、普段の女装と女言葉は、彼の態度を丸く見せるのに効果絶大なのだ。

「そもそも、おまえのせいだと思っていたら、とっくに俺は、その花畑のような全肯定頭をかち割って川に捨てている」

「ありがとうございます」

「おい、なんでいまのを褒めたと思ってやがる。いい加減にしろよ」

「とても前向きで明るい女性だと言われた気がしました」

「言ってない！　いや、言った！　ああ、だが、そうじゃない……もういい」

　ほら、まちがっていなかった。夢鈴は得意げな顔になるが、泰隆は頭が痛そうだ。

「おまえを街で見かけて、占術をしてやったのは俺だ。捨て置けなかったという俺が選んだ行動の結果。そして……そのあとに押しかけてきたおまえに、興味を持ったのも、な。すべて巡りあわせだ。振り回されたわけではない。俺が選んだ結果、こうなっている。だから、俺は俺に腹が立って、うんざりしている。そういう話だ」

　泰隆は夢鈴を見おろす。そして、両手で押さえつけるように、夢鈴の顔をつかんだ。

　なんだか、いつもよりも距離が近く感じた。

「あんな溝鼠の醜女が、花畑全肯定の莫迦女になったのにはおどろいた……おまえを見ていると、人の可能性を観察したくなる」

　逃げられない。泰隆に顔を押さえられて、視線も動かせなかった。夢鈴は吸い込まれるように、泰隆の両目を見あげる。

　普段は意識していなかったが、なんて綺麗な瞳なのだろう。黒く透き通る水晶のようだった。

「俺は、範――」

　泰隆がなにかを言いかけたとき、だれかが入り口に踏み込む音がした。おそらく、荷物を運んで帰ってきた九思だ。

夢鈴が動く前に、泰隆が一歩離れた。夢鈴は、なんだか投げ出されたような形になり、一瞬だけ身体の平衡感覚を失ってしまう。しかし、うしろへ倒れるほどではなかった。

いま、泰隆はなにを言おうとしたのだろう。

範？　名前？

範家と言えば、たしか……。

「荷物を荷車に積みました。高明様が貸してくださって、助かりましたねぇ！」

九思が愛想よく笑うので、夢鈴も笑みで返した。

「ええ、そうですね。では――」

まいりましょうか、泰隆様。

そう言いたくて、夢鈴は泰隆を見あげた。来てくれるだろうか。不安だったのである。

「行くわよ」

泰隆の声は、呆れていた。それでも、彼は蓋頭をかぶりなおして、前に歩く。

先に行こうとする泰隆の背を見て、夢鈴は嬉しくなってしまった。

「はい、まいりましょう。泰隆様」

思わず、足どりも弾む。

三

人間とは、形から入っていくと「それらしく」見える。

夢鈴が一貫して積みあげてきた凜可馨の印象にも反映されていた。これらの努力の成果が、いまの凜可馨を作りあげているのだ。

雀麗宮の前に到着した夢鈴と九思は、早速、準備をはじめる。夢鈴が引いてきた荷車から、九思が手際よく積み荷をおろした。泰隆は「占術師様」なので、瞑想してもらっておく。

何事も、形から。

夢鈴たちは雀麗宮を調べる前に、「祈禱」することにした。

もちろん、そのようなものは占術師の仕事ではない。やり方も、よくわからなかった。「これより、凜可馨が雀麗宮の幽鬼を鎮めます」という姿勢を後宮に示す効果をねらっている。勝手に調査して、勝手に解決したのでは旨味が少ない。

「ここが……」

見あげると、雀麗宮は虎麗宮に負けず劣らず壮麗であった。

八角形の楼閣は見あげるようで、とても優雅だ。大きな池の光を反射して、建物が煌めいて見える。

だが、人が住まないまま手入れがされておらず、庭には雑草が目立つ。瓦は辛うじて太陽の光を照り返すものの、ひび割れて荒れている。近づきすぎると、落ちてくるかもしれない。大きな雀をかたどった瓦は何者かに引きずり落とされ、入り口付近に転がっている。壁や扉には蘭家を罵倒する言葉も書かれていた。

かつては、さぞ美しかったのだろう。

荒れた宮を見ていると、少しばかり複雑な気分になる。ほんの少し前まで妃が住まっていたはずなのに、こんなに荒んでしまうのか。月日の流れもあるだろうが……謀反を起こした人間のなれの果てに寒気がする。

「………………」

九思も、口をぼんやり開けて雀麗宮を見ていた。夢鈴と同じ気持ちになっているのだろうか。

「九思、急ぎましょう」

「あ……はい」

ずっと見ているわけにもいかない。夢鈴は手際よく作業を進める。

庭の池に架けられた橋は古びているが、朽ちてはいない。雀麗宮の入り口付近で、夢鈴は「祈禱」の準備をした。敷布を敷き、台座を作る。ある程度組み立てて来たが、多少は槌（つち）を使う作業も入った。その間に、九思には鏡の設置をしてもらう。

これらにとくに意味はない。雰囲気だ。

「った……」

夢鈴が草むらの中を歩くと、なにかが足に絡まった。

なんだろう、と拾いあげる。丈夫な細い糸の先に、焦げた布のようなものが結びつけられている。

「？」

よくわからない。ただの芥（ごみ）だと思うが、廃墟の近くに焦げた布は妙だ。火事の原因にもなりかねない。だれかが宮に火でもつけようとしたのだろうか。

夢鈴はとりあえず、糸を束ねて懐にしまっておいた。これから、祈禱と称してここで火を焚くのである。燃え移りでもしたら大変だった。

「集まってまいりましたね」

九思にうながされて、夢鈴はあたりを見回した。

池の向こう側に、見物客が集結している。事前に「凜可馨が祈禱を行う」と宣伝したからだ。多くは、妃の使いとして出された女官や侍女のようである。

一際目立つのが、輿に乗って日傘を差している雨佳の姿であった。

興味津々で、雀麗宮の前に設置された会場を見ている。現在の麗妃として、見物に来たのだ……否、おそらく、これは好奇心だ。とても顔持ちが明るくて、楽しそうであった。

あれは呪詛の不安に震える麗妃に見えない。祈禱の効果を最大限に引き出せないが……ここは前向きに考えよう。人前に出なかった雨佳が、凜可馨のおかげでこのような姿を見せられるようになったのだ。

碧蓉がいるのも、すぐにわかった。なにせ、宦官でありながら、壁のようにそそり立つ大男なので目立つ。あのような屈強な肉体には、きっと強靱な精神を備えているにちがいない。夢鈴も励まなければ……。

皇帝付と聞いていただけあり忙しそうで、後宮に入ってから夢鈴は久しぶりに姿を確認した。今回は高明の依頼で雀麗宮の祈禱を行うと言ったため、駆けつけてきたのだろう。こちらのほうが、雨佳よりも心配そうな顔をしていた。

少し離れたところに、高明も見つける。彼は小さい身体を踏ん反らせて、少々ご機嫌の様子だ。わかりやすい。

夢鈴は無意識のうちに、ほかに妃嬪がいないか捜してしまう――自分の姉、青楓の姿を期待したのだ……夢鈴は首を横にふる。

「九思、そちらはどうですか？」

頭を切り替えていこう。

夢鈴が確認すると、九思は笑顔で「もう少しです！」と返事をする。頻りに鏡の位置や角度を調整していた。こだわりがあるらしい。

しかし、すぐに終わりそうだ。夢鈴は瞑想している泰隆に声をかけにいく。

「凜可馨、台座へお越しください」

言いながら、夢鈴は泰隆の前に手を差し出す。人が集まっているので、当然のように泰隆を女性として扱った。

「…………」

泰隆は黙ったまま夢鈴に、自分の手を重ねて立ちあがった。ふりだけである。体重はあまりかからなかった。べつに、体重をかけてもらっても、泰隆くらい細身なら大丈夫なのだが。そこは気遣いだと思っておく。

ようやく、九思が鏡の設置を終えたようだ。そそくさと、隅へ逃げるように走った。

「ん……」

今日は陽射しが強い。とても暑かった。

泰隆が座る台座の背後では、太陽の光を受けて池の水がまぶしく反射している。九思の置いた鏡も、光を強く跳ね返した。

祈禱では火を焚く予定だ。泰隆は黒い衣装をまとっており、日光の熱を集めやすい……暑さで倒れないか心配になってきた。

「人のことを虚弱扱いしないでちょうだい」

夢鈴の心配が気づかれ、泰隆がこっそりと苛立ちを表明した。杞憂だと言いたいようだ。

なら、大丈夫か……夢鈴は泰隆を台座へ導いたあと、積みあげた薪のほうへ移動した。

手早く火をつけると、煙が立ちのぼる。泰隆は台座に置いていた扇子を手に取り、それらしい動作をした。本当に、すべて格好だけなので、事情を知っている者から見れば滑稽ではある。

「けほっ……」

火が大きくなると、あわせて白い煙も増えてくる。思ったよりも煙の量が多く、夢鈴は咳き込んでしまった。薪は工部から調達したものだ。しっかり乾燥させたので、ここまで煙が出るわけがないのだが……。

雲一つない蒼穹に煙があがっていくのを、夢鈴はぼんやりと見送る。暑いせいか、額から珠のような汗が流れ落ちた。それでも、夢鈴は火を絶やさぬよう、呪符のような紙を貼った木札を追加で放り込む。ときどき、木の弾ける音がして、火の粉が舞った。

まったく、祈禱師じゃないんだから。という、泰隆の舌打ちが聞こえてきそうだった。

池の向こう側から見物している人々は、泰隆の一挙一動に興味津々のようだ。人が集まった効果が出ていて、夢鈴も安心する。

「え……なに？」

だれかが声をあげた。

それを皮切りに、他の者も異変に気づいたようだ。次々におどろいた様子で表情をゆがめていた。雨佳まで、両手で口を押さえて震えている。

なにがあったのだ。

夢鈴は視線の集まる方向を見あげた。煙の中？　しかし、よくわからない。とりあえず、泰隆に告げなければ……そう思い、火から離れた。

「………………!?」

距離をとってふり返って、炎、否、煙に異変の正体を見る。

「幽鬼……？」

つい口にしてしまった。

空へと立ちのぼる煙の中に、大きな人影が浮かびあがっていたのだ。ぼんやりとした影で、輪のような光を背負っている。

夢鈴は思わず足がすくみ、静止してしまう。

雀麗宮の幽鬼は、ただの噂話が生んだ虚像ではない——そのような考えが頭に浮かんだ。

蘭家の呪詛はこの雀麗宮、いいや、後宮にかかっている。そして、大きな影となって目の前に現れているのだ。

幽鬼の影が右手をあげ、襲いかかるような動作をした。

「夢鈴」

いつの間にか震えていた夢鈴の名を、泰隆が呼ぶ。

「あ……あ、え……」

ふり返ると、泰隆は左手に持った扇子をふりあげて、台座の上で立ちあがっていた。蓋頭で顔はよく見えないが、力強く夢鈴を諭しているような気がした。

「火を消しなさい」

そう指示されるまで、夢鈴はまったく動くことができなかった。しかし、なんとか動く。

「は、はい！」

夢鈴は水が入った桶をつかみ、焚き火にかけた。火は煙を伴って鎮火していく。念のために、夢鈴は池から水を汲みあげてしっかりと消火した。

火が消え、煙がなくなると、幽鬼の影は消失する。

「あれは、いったい……」

「いまのは？」

「幽鬼だわ！」

池の向こうの見物人は、未だにざわめいている。だが、その場にいた宦官の高明や碧蓉によって、自分たちの宮へ帰るように追い返されていた。

夢鈴は雀麗宮を見あげる。

優雅だが、荒廃した雀麗宮のたたずまいが不気味だ。再び、幽鬼が出るのではないかという恐怖で、身体中が震えた。

真っ昼間だというのに……。

「泰隆様……」

泰隆をふり返った。

彼は黙ったまま、あたりを見回している。しかし、彼の視線の先にあるのは太陽の光を浴びて輝く池の水面や、九思が置いた鏡、そして、雑草の生えた庭ばかりであった。夢鈴から見て、なにかを見つけた様子はなかった。

「明日」

泰隆は改めて、雀麗宮を顧みた。

「中へ入りましょ」

雀麗宮の中へ？

泰隆の言葉に、夢鈴はただただ目を瞬かせるだけであった。

四

祈禱の翌日。

雀麗宮には幽鬼が出る。

それは噂話ではなく、真実として語られた。見物人が多かったせいで、瞬く間に後宮内に広まってしまう。

祈禱中に現れた大きな影を見た者は、そう話すに決まっている。実際、夢鈴もそうとしか考えられなかった。

雀麗宮の幽鬼騒ぎは、どうやら本物らしい。祈禱に当たった占術師は、呪詛を鎮めることができるのか。

これがいま、最も注目の集まる話題だ。

「だから、わたくし言ってさしあげたのです。凜可馨は必ず呪詛を鎮め、後宮に平穏を取り戻してくれます、って。根拠は、わたくし自身です」

菊花殿の部屋を訪れた雨佳は、胸を張ってそう言い切った。仮にも四妃の位を戴く上級妃嬪が、このようなところを何度も訪れるべきではないと思うが……祈禱を見ても、夢鈴に会いに来てくれたのは単純に嬉しい。

「きっと、わたくしのお父様も、そう言えとおっしゃるわ」

雨佳は自信のある口調で断言した。虎麗宮に引きこもっていたときとは、大ちがいである。

だが、同時に「必死だ」とも感じた。

自分を救い、虎麗宮から外へ出られるようにしたのは、凜可馨。泰隆と夢鈴である。雨佳は自分が信じた人間が失敗するとは思いたくないのかもしれない。必死に、大丈夫だと確認していた。

虎麗宮にこもっていた雨佳とは変化している。だが、その姿には、信じた者から見放されたくないという、彼女の本質が浮き出てくるような気がした。

人は変わるが、変われない。

夢鈴だって――。

「ありがとうございます……」

浮かない返事をしてしまっただろうか。夢鈴の返答に、雨佳も泣きそうな顔になってしまう。

「だ、だって、占いで大丈夫だって言ってたじゃない……」

言った。だが、あれは夢鈴が簡単に行ったものである。

責められている気がして、夢鈴は口を噤んだ。雨佳はますます不安げな顔で、唇を震わせた。そして、藁にもすがる思いで店の奥へ視線を向ける。

「ねえ、占術師さん。大丈夫でしょう？　だ、大丈夫よね？」

雨佳は店の奥に引っ込んでいる泰隆に話しかけているようだ。おそらく、声は聞こえている。しかし、泰隆からの返事はなかった。

「もうしわけありません。雨佳様、本日はもう……」

夢鈴は雨佳を帰そうと、立ちあがる。雨佳は不服そうだったが、やがて夢鈴にうながされるまま席を離れた。

この日、午後から泰隆は雀麗宮の中を調べると言っている。あのようなできごとがあったばかりなのに。碧蓉も同行することになっている。

雨佳を不安にさせてしまった。

せっかく、彼女は前向きに変わっていっているというのに。期待に応えられなかったのだ。

不甲斐ない。

結局、夢鈴には力がなかった。

身体を鍛えてみても、明るく振る舞ってみても……夢鈴は無力なままなのだと思い知らされる。所詮は格好だけの張りぼてだ。

「では……またね、夢鈴」

雨佳は外にひかえていた輿に乗って、虎麗宮へ帰っていく。侍女たちもうしろからついて歩く行列は、後宮では珍しくない光景だ。

行列を見送って、夢鈴は部屋の中へ戻った。

それとほとんど同時に、泰隆が姿を現す。あくびを嚙み殺し、寝起きであるのが伝わってくる。そういえば、朝一番に雨佳が来るという知らせを受けて茶の準備をしたため、彼を起こしそびれていた。

「泰隆様、おはようございます」

もう遅い気がするが、夢鈴は頭をさげた。泰隆は「はいはい、おはよう」と適当に流しながら、背伸びする。

「お化粧の準備をしますね」

「ええ、よろしく」

あまりいつものやりとりと変わらない。言葉を選んでいるのは夢鈴のほうだけで、泰隆は平常であった。

「あの……今日は、本当に？」

雀麗宮を調べるのだろうか。

夢鈴の問いに答える形で、泰隆はこちらをふり返った。

「言ったでしょ。調べるのよ。調べたかったんでしょ？」

そうだ。さきに泰隆を巻き込んだのは、夢鈴であった。だから、これは夢鈴が望んだ結果だ。

「でも……幽鬼はいるのですよね」

そう聞くと、泰隆はあからさまに顔をゆがめた。

ああ……これは。夢鈴には次の言葉が容易に予測できた。

「あなた、莫迦なの？」

「そう言われる気がしました」

台詞は読めていたが、その理由がわからない。

「泰隆様は……幽鬼ではないと？」

「それは――」

泰隆が返答しようとすると、奥から物音がする。

九思だった。愛嬌のある顔を見て、夢鈴はほっと胸をなでおろす。少々、過剰に反応してしまったようだ。

「本日は雀麗宮へ行かれるのですよね？」

支度がしたいという意味だろう。九思に問われて、夢鈴は「はい。おねがいします」と返した。

「九思」

再び奥へ引っ込もうとする九思を、泰隆が呼び止める。

「なんでしょう？」

首を傾げる九思を、泰隆はじっと見つめていた。だが、やがて口を開く。

「今日はあなたも来なさい。人数が多いほうがありがたいから」

泰隆が自分から人手を要請するなど珍しい。

泰隆は雀麗宮でなにを調べるつもりなのだろう。

「あ、はい。かしこまりました！　では、準備をしてまいりますね」

九思は愛想よく返事をし、再び奥へさがった。

「こっちの支度も早くしてちょうだい」

泰隆はすぐに椅子へ腰かけて、息をついた。夢鈴が泰隆の化粧をするのを待っているのだ。

さきほど言いかけた答えの続きを教えてくれるつもりはないようだ。

「はい……お化粧道具を持ってまいります」

泰隆はなにを考えているのだろう。

なにかに、気がついているのだろうか？

幽鬼騒ぎの調査という名目で雀麗宮の前に立つ。

夢鈴と泰隆、九思、そして碧蓉だった。

今回、碧蓉は雀麗宮への立ち入り許可をするだけではなく、同行を申し出たのだ。夢鈴としてはまったく意外であった。

「碧蓉様。お忙しいのに、もうしわけありません」

「いいえ。雀麗宮の噂を知っていながら、黙認した某にも責任はございます。これは大家も頭を悩ませている案件でしたので」

夢鈴の謝罪に対して、碧蓉は真摯に答えた。そそり立つ壁のような大男で、厳めしい威圧感のある宦官だが、根はとても真面目でていねいだ。改めて、感心してしまった。やはり心身ともに、よくできた人間はちがう……夢鈴は、まだまだだ。

碧蓉は皇帝付の宦官である。とんでもない高官であるはずなのに、このような雑事につきあわせてしまった。

だが、ふと。

そもそも、碧蓉は通常であれば目通りできるような人物ではない。そうとうに忙しいはずだ。しかし、彼は自ら市井に出向いて、凜可馨という占術師を後宮に呼び寄せた。

　普通では、ありえない措置である。だれかべつの使いを寄越すのが筋だろう。使える部下は山ほどいるはずだ。

　いまさらながら、夢鈴には不可解に思えてしまった。

　泰隆は……なにか、気づいているのかもしれない。彼は後宮へ来るのを当然のように拒んだが、碧蓉の名を聞いた途端にあきらめたのだ。

「つかぬことをうかがいますが……碧蓉様は、ずっと大家にお仕えだったのですか？」

「はい。大家とは、幼少のころより」

「では……碧蓉様は武官だったのでしょうか」

「ええ。なにか？」

「いいえ、もうしわけありません。つい気になったものですから」

　見た目どおりと言えば、そうなのだが。碧蓉の顔には、ごていねいに刀傷まである。

　元々は武官であったのは聞かなくとも想像がつくが、一応確認した。

　紅劉帝は、即位する前は武官であった経歴を持っている。その彼にずっと仕えているのなら、自ずと武官だろう。

「ああ、某が本当に宦官なのか気にしておられるのですか？　よく聞かれることです」

碧蓉は慣れた様子で、分厚い胸に手を当てた。べつに、そこは気にしていないのだが……。

「大家からは、でかい・ごつい・厳ついの三拍子であると、ご評価いただいております。宦官となってからも、鍛錬は欠かしておりませぬ」

碧蓉の顔は、たいそう誇らしげであった。

でかい・ごつい・厳つい……たしかに、碧蓉に似合いの三拍子である。だが、それは褒め言葉なのだろうか。と、夢鈴は苦笑いする。よほど彼は皇帝を慕っているらしい。

「…………」

碧蓉と夢鈴のやりとりを、泰隆が観察しているようだった。しかし、口をはさむ気配はない。

どうして、碧蓉にこのような質問をしたのか。泰隆は夢鈴の意図を察しているのか……きっと、そうだと思う。

一つ、仮説を立てた。

泰隆は碧蓉と面識がある。

最初から、奇妙だったのだ。泰隆が後宮へ入ってから、深夜に部屋を出ていくことがあるのも知っていた。彼には隠しごとも多いので、問い質さなかったが……。

碧蓉は軍属であった。先代の麗妃、蘭雪莉も。

泰隆は蘭雪莉と面識はないが、関わりがあるようで……薄らと点が線で結びついてきた気がする。

「立ち話はほどほどにして、調査をしますか」

しかしながら、夢鈴はひとまず話を区切ることにした。これは、いま推測する事柄ではない。

早速、夢鈴は雀麗宮の庭を調べようと、袖をまくった。泰隆は幽鬼などいないと考えているようだ。それならば、証拠を見つけなくてはならない。

「庭はいいわ」

張り切る夢鈴の横を、泰隆は素通りする。彼は祈禱のとき、大きな影が現れた庭などには目もくれず、まっすぐに入り口へ向かった。

「え、でも……」

泰隆は短い階段をのぼって、入り口の前に立つ。手入れのされていない階段は、体重をかけるだけでも不快な音を立てていた。

碧蓉が鍵を取り出して、前に出ようとする。

「え」

しかし、雀麗宮の錠は、実に呆気なく外れてしまった。鍵がかかっていなかったのか。それとも、錆びついて朽ちていたのか。はっきりしなかったが、大きく頑丈そうな錠は、泰隆が触れた瞬間に外れた。

泰隆がなにかをしたわけではなさそうだ。しかし、彼はさほど気にせず、雀麗宮の中へと踏み込んでいく。夢鈴たちも、急いで続いた。

「あ、灯りを！」

九思が行灯を配る。手で持てる燭台のようなものだ。洋燈に比べると明るさは遥かに落ちるが、竹と紙で覆いがつけてある。これによって、風や人の動きで蠟燭が消えないようになっていた。また、前方が開いているので、光を集めて一方向に当てやすい。

「ありがとうございます、九思」

夢鈴は行灯に火を灯しながら礼を言う。

雀麗宮の中は薄暗かった。雨佳がこもっていたときの虎麗宮のようだったが、こちらは中が荒れている。窓も帳ではなく、板を打ち付けて塞がれた状態であった。

ここは、正面玄関である。高い吹き抜けの天井のせいか、空間が広く感じた。玄関から入った客人が待たされる部屋も兼ねているのだろう。立派な椅子や調度品があった。

壁には美しい女性の絵姿がかかっている。これが蘭雪莉だろう。白い衣をまとい、凜々しい表情で立っていた。四妃の位を戴くに相応しい麗しさであると同時に、もとは武人であったというのもうなずける力強さだ。もちろん、絵なので誇張もあるだろうが……訪れた者が見蕩れるには充分だろう。

とはいえ、せっかくの調度品は埃をかぶっている。横倒しになったまま放置され、壊れているものもあった。床を踏みしめると、歪な音を立ててたわむ。どこかから、雨漏りしているようで、立派な絨毯に染みを作っていた。

「夢鈴、九思。あなたたちは、東をおねがい。なにか見つけたら、すぐに戻っていらっしゃい」

泰隆はそう言って、東側の扉を示した。

「え？」

別行動をしようと言っているのだ。逆に自分たちが西側を進むということだろう。たしかに、四妃の宮は広い。雀麗宮は古いが、例外ではなかった。手分けしたほうが効率がいいのは、まちがいない。

だが、夢鈴が九思と一緒に動くということは――泰隆は碧蓉と二人で西側を見るという意味だ。

やはり、泰隆と碧蓉は面識があると確信する。そして、泰隆は夢鈴にそれを隠していない……彼は隠さないことにしたのだと解釈する。

「……わかりました、泰隆様」

凜可馨ではなく、泰隆と呼んだ。すると、泰隆は「ええ」と返答する。碧蓉のほうも確認したが、夢鈴が彼の名を呼んでも表情一つ変えなかった。

すべて、わかっているのだ。

騙されていた。

一瞬、そのような言葉が頭を過る。だが、それはちがうと自分でも理解していた。泰隆は、そもそも夢鈴になにも話していなかったのだ。

だから、これは騙されたわけではない。

話してもらえるようになったのだ。

泰隆は……武官だった？　では、占術はどこで学び、使用していたのだろう。碧蓉のような高官と面識があり、尚且つ、蘭雪莉にも関わっていた……皇城に出入りする立場だったのかもしれない。

それがどうして、いま？

泰隆は夢鈴と出会ったころは、町外れの荒ら屋に住んでいた。金銭がなかったわけではない。貯め込んでいた金を出店に提供したのも、彼自身である。

夢鈴は宮廷の事情に詳しくないため、それ以上の推測が困難だった。軍属で占術を要する役職などあるのだろうか。

「調査が終わったら、ゆっくりとお茶でも飲みましょうか」

考えても仕方のない事例のように思えた。

泰隆は、もう夢鈴に話してくれるつもりに見えるからだ。

「……そうね」

夢鈴の信頼に応えるように、泰隆がうなずいた。

大丈夫だ。

「九思、行きましょうか」

夢鈴は九思と一緒に、東側の扉を開く。

「夢鈴」

けれども、泰隆は夢鈴を呼び止めた。何気なくふり返る。

「先に謝っておくわ」

なにを？　だが、泰隆は答えを言わぬまま背を向けてしまう。

夢鈴は気持ちを切り替え、東側の回廊を進む。

歩くたびに蠟燭の灯りが揺れ、不気味に影が蠢いた。

＊　＊　＊

夢鈴と九思が東側の回廊を進んでいくのを見送った。

泰隆はそのまま西側の扉には触れず、適当な椅子に腰をおろす。埃をかぶった椅子に座ると服が汚れるが、かまうものか。雀麗宮に踏み込んだ時点で、漆黒の襦裙は埃まみれであった。いまさら気にする必要もない。

「呆れたものだ」

足を組んで座り込んだ泰隆に、碧蓉が肩をすくめた。

「助手にくらい話しておけばよいではないか……」

「うるっさいわね――いや、黙れ」

この男の前で女言葉で喋る必要もないと気づき、泰隆は口調を改める。一気に高圧的な響きになったと、自覚した。夢鈴に指摘され、丸い印象になるよう口調を改めていたが……いまは必要ないだろう。そもそも、この程度で臆する相手であれば苦労はしない。

「女らしく振る舞ったほうが、板についていると思うがな」

「だから、黙れ。好きでそうしているわけがないだろう。隠れ蓑だ。実際、おまえでも捜すのに手間取っていた」

「たしかに……まさか、都の真ん中で堂々と女人として占術で商いをしているなど、考えるはずがなかろうよ。皇城からも、範家からも姿をくらました男が、である」

「…………」

「理解はする。だが、大家は帰還を望まれているのだ」

「帰還、なぁ……」

「待遇なら」

「待遇の問題で、勝手に消えるはずがないだろう？　あんな命令を、だれが好んで受ける……俺は、あんなもののために仕えていたわけではないのだ」

「失望したか」

「……目が覚めただけだ」

そう息をつきながら、泰隆は碧蓉の表情をうかがった。碧蓉はあいかわらず渋い顔で口を引き結んでいる。

「だいたい、いまの世に俺が必要なのか。なにか動きがあるか？　軍備の拡張……ちがうな。それなら、俺を呼び戻すよりも学舎の充実だ。そちらは、もう何年も前からやっている話だろう？　となると、金国との再戦……いいや、それはないな。大家に利がない――西かな？」

わざと口に出して考察するが、碧蓉は表情を変えなかった。

「しかし、それほど切迫しているわけでもあるまい。つまるところ、切れる手札を増やしたくて、俺を宮廷に戻したかった、と……後宮に入れられるのは想定外だったが」

　ねらいなど、口にするまでもなくわかっていた。それは碧蓉のほうも理解しているはずだ。だが、泰隆は現状を確認するため、あえて口にする。

「皇城や軍属に戻すよりは、配慮したつもりであるが」

「配慮で後宮……趣味が悪い。大家の案ではないだろう？」

「某に決まっている……お主の素性を隠したまま宮廷へ戻すには、ここしかなかったのだ」

　言われてみれば。

　顔も性別も隠しておける役職など、皇城にはない。武官ならば、なおさらである。

「助手もいるようだしな。引き離すのも無粋」

　夢鈴の顔が頭に浮かんだ。

「そんな聞こえのいい言葉を選んだって、騙されるものか……要は、人質だろうに」

　泰隆を手元に置くための。

　碧蓉が現れたとき、これは警告であると感じたのだ。

　あのまま、泰隆は後宮へ行かず姿を消すことができた。夢鈴を囮にすれば可能だったのだ。

　だが、そうはしなかった。

そのような自分の選択に、心底うんざりしている。ちょうどいい隠れ蓑であったはずが、いつの間にか手放せなくなっていた。

実によくない。

そこを見抜かれ、利用され、碧蓉の思惑どおりに後宮へ来てしまったのだ。負けた。とんだ無能である。

「しかし、よい機会になったのでは？」

碧蓉は言いながら、視線をあげた。泰隆もつられて見ると、壁にかかった妃の絵姿があった。

蘭雪莉（らんしゅえり）。

先代の麗妃であり、雀麗宮に住んだ最後の妃である。蘭家の謀反を主導したとして、一年前に処された。

魯桟口の戦いで、許嫁が戦死する。その戦いは、金国との戦争において、唯一、朱国側が甚大な被害を受けたものだ。常勝の将として名をあげていた紅劉がいる朱国側の、数少ない惨敗だった。

指揮をしたのは蘭雪莉である。

だが、その戦いで策を立てたのは——そして、結果的に挟撃される原因を作ったのは、当時の軍師だった。

数々の大将を輩出した武家の名門、範家の次男。知略で敵国を追いつめ、紅劉帝の名を知らしめる立役者となった。そのような男が唯一の失態を犯した。それが原因で多くの兵を失い、さらに蘭家謀反の引き金を引いたのだ。

たしかに、作戦を実行したのは指揮者であった蘭雪莉である。彼女には最終判断が委ねられていた。

しかし、そのときの軍師――範泰隆という男が招いた損失は計り知れない。

さらに、あろうことか彼は魯桟口での責任を挽回するどころか、行方を消してしまった。範家からも、軍属からも逃げたのである。

凛可馨と名乗って占術を行っていると碧蓉がつかむまで、行方を知る者はだれもいなかった。

「数奇な巡りあわせだ」

ここへ来て、自分が選んだ策のなれの果てを見せつけられている。この宮に住んでいた蘭雪莉は、魯桟口の最たる被害者だろう。あの戦いで敗れなければ、あるいは、許嫁の楚玖鶯が生きていれば彼女の運命は変わっていた。

朱国が金国との和平政策へ転じたのも、魯桟口が要因だと言われている。それもまた、蘭雪莉を謀反へ導く引き金の一つだった。

どこで狂ってしまったのか。

夢鈴を街で見かけ、声をかけたところか。占術師として生きようとしたところか。それとも……。

しかし、泰隆の歩んだ人生において、どこを欠かしても、いまの自分はいないのだ。巡りあわせが巡りあわせを呼び、現在、そして未来へと繋がる。運命とは、そういうものなのだ。

「蘭雪莉は、どのように死んだ？」

大方の顚末は伝え聞いている。それでも、泰隆は碧蓉に問うてみたかった。

「……金国を大変憎んでおったよ。金国との戦をやめ、和平を結んだ大家のことも。果てには、自分の子を犠牲にする行為も厭わず、大家に刃を向けた。最期は某が首を落とした」

碧蓉は淡々と事実を述べていた。あえて感情を出さぬようにしていると、わかるしゃべり方であった。

「……俺を恨めばよかったのにな」

ふと、漏らしてしまった。

遠因を作ったのは泰隆なのだ。そのうえで、逃げた。恨むのなら、範泰隆という個人にすればよかったのだ。

和平を結んだ隣国を恨み、ましてや、それを選んだ皇帝を憎むなど――彼女は、どこまで気づいてしまったのだろう。

「蘭雪莉は後宮の妃となったが、立派な武人でもあった。女人でありながら、あの状況下で指揮をまかされるほどの……最終的な判断を下したのは、彼女自身なのだ。そうである以上、あれは蘭雪莉自身の失態である。魯桟口の敗北を他者の責任とするのは、武人としての矜持が許さぬだろうよ。だからこそ……蘭雪莉は挽回の機を望んだのだ。しかし、その機会は得られぬままに戦が終わった」

やはり、碧蓉の声は平坦であった。だが、そこには泰隆の言を諌める響きが含まれている。

「彼女は終わってしまった戦の続きを、戦場以外で行おうとした。大家に刃を向けた以上、この結果は免れなかったのだ」

あくまでも、責任は蘭雪莉にある。そして、身を滅ぼしたのも彼女の責だ。碧蓉は、そう言っているのだ。

「だから、この呪詛のような因果に引導を渡せ」

泰隆は返事をせぬまま、壁にかかった麗妃の絵を見つめた。

＊　＊　＊

回廊の窓も、すべて板で塞がれていた。

まるで、外から雀麗宮を隔絶しようとしているようだ。

雀麗宮に人が住まなくなってからたった一年である。それだけの時間で、このようになるのか。そう思うと、夢鈴はとても寂しい気持ちになってしまう。

「お気をつけください、夢鈴様。噂では、雀麗宮には人魂が飛ぶそうです」

「人魂ですか……」

聞いてもいないのに、前を歩く九思が説明をする。

視界の端をなにかが動いた気がして、夢鈴は思わずふり返った。だが、大きな蜘蛛が天井から垂れさがっているだけである。気にしすぎたようだ。

そういえば、壁や天井には多くの蜘蛛の巣が張っている。だが、回廊を歩く夢鈴たちには、あまり引っかからなかった。

まるで、だれかが入ったあとのようだ。

取り壊すために立ち入った工部の宦官だろうか。幽鬼が出るたびに取り壊しが中止になるという話であった。正面玄関の鍵が開いていたのも、慌てた宦官たちがかけ忘れたと言えば説明がつく。

「客間では、異界に引きずられそうになったという噂も。幽鬼となった麗妃が、この世にしがみつこうとしているのだとか」

九思がそのような話をするものだから、夢鈴は思わず唾を呑み込んだ。日光が入らぬせいだろうか。背中に寒気が走る。

やはり、思い出すのは祈禱の際に現れた巨大な影であった。

泰隆はなにかに気づいているようだったが……幽鬼ではないのかもしれないと思いつつも、得体の知れない不気味さは拭うことができない。

このようなときこそ……鍛錬したい。懸垂にちょうどよさそうな梁がいくつも見える。一度、無心になりたかった。でなければ、よくない想像ばかりしてしまうだろう。

「ほら、そこが噂の客間ですよ」

そんな夢鈴の気持ちをあおるように、九思は目の前の扉を照らした。立派な造りの扉だ。

「九思は、雀麗宮にも勤めていたのですか？」

「え？」

「いえ、ここが客間だと知っていたので……」

「ああ、そうですよね……言いそびれていましたが、私は先代の皇帝の時代より後宮に勤めております。皇帝が代替わりすると妃嬪のみなさまには入れ替えがございますが、女官や下女は一部、次代へ引き継がれます。礼部へ移る前は雀麗宮のお掃除をさせていただいておりました」

なるほど。それで雀麗宮の部屋も知っているのだ。

「蘭麗妃にも、お会いしたのですか？」

「ええ……ほんの少しですが、よくしていただきました」

九思は客間を見つめながら、夢鈴の質問に答えた。表情は暗くてよく見えないが、声は優しげである。

「お優しい方ではありませんでした。ご自分にも、他人にも厳しい御仁です。しかし、とても面倒見がよく、情が深い人でもありました。厳しいお人柄でしたが、決して人を見捨てたりはしなかった……一介の下女であった私のことも、おぼえていてくださったのです」

武家に生まれ、武官となった蘭雪莉の経歴から受ける印象と乖離はしていなかった。

「玖鶯様が惹かれるのも、わかってしまいます」

九思は目の前の客間の扉を開いた。一瞬だけ灯りに照らされた表情は懐かしむような、悲しんでいるような、とても複雑な感情が入り交じったものである。

「九思――」

夢鈴は思わず呼び止めようとする。

だが、すぐに雲行きが変化した。

「あ、あ、あ、ああああ！」

夢鈴が部屋へ入る前に、九思が飛び出してくる。

「九思、どうしましたか！」

とっさに行灯を捨てて抱きとめると、九思は夢鈴の腕の中で肩を大きく震わせた。顔が真っ青である。

「そ、そこに……そこに！　雪莉様が！」

蘭雪莉が？

そこにいるというのだろうか。亡くなった麗妃が？

夢鈴は震える九思を抱きしめたまま、中をのぞく。けれども、灯りがない。夢鈴の行灯は、放り捨てた衝撃で消えてしまっている。埃に引火しなくてよかった。

「こ、これを……」

九思が震える唇で、辛うじて言葉を発する。彼女は自分の行灯を夢鈴に差し出した。

「ありがとうございます」

夢鈴は灯りを受けとり、すぐに部屋へ踏み込んだ。

「え……」

その瞬間、夢鈴は困惑する。胸が大きく鼓動し、頭の中が黒い恐怖に塗りつぶされた。

「幽鬼……」

客間の壁に人間の影が映し出されている。ぼんやりとしているが、大きくて揺らめいていた。

すぐに祈禱の際に現れた影を思い出してしまう。

「ひゃっ⁉」

夢鈴が考える暇もなく、右足がなにかに引っ張られる。影の方向へ引きずられるように、そのまま身体が倒れてしまう。

雀麗宮では、幽鬼に異界へ連れて行かれる。

噂を思い出し、身の毛がよだった。夢鈴はなんとか逃れようと、必死で床を這う。

「助け——」

思うように声が出ない。本当に恐怖を感じるときは、悲鳴すらあがらないものなのか。夢鈴はかすれた声で、扉へ手を伸ばした。涙が出ているようで、視界が霞んでいる。

ああ、もっと鍛えておけばよかった……筋力ばかりにこだわって、武術に手をつけていなかったのだ。少しでも心得があれば、この状況を打開できたかもしれないのに……でも、体術はだれに習えばよかったのだろう。

「夢鈴！」

伸ばした手を、だれかがつかんでくれる。

異界へ連れ込もうとする幽鬼だろうか——ちがった。

「泰隆様……！」

その声は、泰隆であった。一気に安堵して、夢鈴の身体から力が抜けていく。泰隆は夢鈴を起きあがらせ、自分の腕の中におさめた。とても力強い。身体の震えがすぐに鎮まっていく。こんなに温かくて安心できるのは、久しぶりだ。

「大丈夫？」

問われて、夢鈴はうなずいた。深呼吸をすると、心がおちつく。

「泰隆様、あそこに影が……」

夢鈴はおそるおそる、影がいた壁を指さした。

だが、そこにはなにもない。大きな蜘蛛の巣が張っているくらいだ。

消えた？

「ちょっと待ちなさい」

不思議がる夢鈴を抱いたまま、泰隆は低い声を出した。

「っつ……！」

泰隆が伸ばした手は、近くへ駆け寄っていた九思の腕をつかんでいた。腕をひねられ、九思は苦痛に顔をゆがめる。

「ちょっと、泰隆様！　なにを……」

「それ、片づけられると困るのよ」

泰隆は言いながら、九思が手に取ろうとしたものを示した。

行灯である。

夢鈴が転倒した衝撃で火は消えているが……よく見ると、なにかおかしい。

「これって……？」

行灯には、小さな木彫りの人形が載っていた。小指程度の大きさで、注意しなければ気がつかないほどだ。

「あなたが見た影の正体よ」

泰隆の代わりに、碧蓉が行灯を拾いあげ、火をつけてみせた。

「あ……」

すると、壁が明るくなると同時に大きな影が映し出される。夢鈴が見たものと同じだ。

単なる影絵である。光の前に置いた人形の影が映っていたに過ぎなかった。いま、おちついた状態でいると、どうしてこんなものを怖がったのか理解できない……おそらく、考えるよりも先に、足を何者かにつかまれたからだ。

夢鈴は嫌な予感がして、自分の足元を見た。

「ただの……縄……」

足には、太めの縄が絡まっていた。これに足をとられて、転んでしまったようだ。単純な仕掛けが重なって、恐怖をあおっていたのである。

どうして、気がつかなかったのだろうか……だが、直前に、「異界へ引きずられる」という噂を聞いていた。前日には大きな影を目撃している。それらが要因であると自身で結論づけた。さらに、つまり、夢鈴は「幽鬼はいる」と、自ら思い込んでいたのだ。だから、騙されてしまった。

そして、夢鈴に噂話をし、行灯に細工ができた人間が一人だけいる。

「離してくださいッ！」

泰隆に押さえつけられ、九思が声を荒らげていた。

「九思……？」

これらを成し遂げられるのは、九思しかいなかった。

「夢鈴様」

信じられずに見つめる夢鈴に、九思は懇願するような視線を向けた。だが、泰隆はそんな彼女を容赦なく床に押しつける。

「泰隆様、誤解です！」

夢鈴は思わず、泰隆の腕をつかんでやめさせようとした。

「誤解じゃないわ。よく思い出して。昨日、鏡の位置を調整したのは、だれ？」

「鏡……？」

祈禱に使った鏡の話だ。あれには雰囲気の演出以外、なんの意味もなかったはずだが……設置したのは九思であった。

「あの影は、煙に映ったあたしよ」

「煙に？」

「昼間でも、うしろから強い光が当たると、白い霧や靄に人影が映ることがあるの。たいていは、山の上や崖で見られるんだけどね」

祈禱の際、泰隆の座っていた台座には鏡によって、うしろから光が集まっていた。さらに、池の水面が太陽の光を反射して、かなりの光量になっていたはずだ。その光が、白い煙に泰隆の影を映したのである。

よく考えると、影の手があがった瞬間に、泰隆も自分の左手をあげていた。あれは泰隆の動きを反映したためである。

そういえば、煙の量も想定より多かった。もしかすると、よく煙が出るように乾いた薪と、湿った薪が交換されていたのかもしれない。

その状況を作れたのは、準備をした夢鈴と九思だけだ。

「でも、なぜそのような……九思が行う理由がないです」

いったいどうして？

これでは、雀麗宮の幽鬼騒ぎを大きくしようとしているように見える。

九思は蘭雪莉と面識があったと語っていたが、ずいぶんと慕っている様子だった。幽鬼の噂を立てる必要がどこにあるだろう。

「九思……？」

信じられなかった。

「はい……」

だが、九思は抵抗をやめ、肯定を口にした。

同時に、泰隆に鋭い視線を向ける。怒りのような、憎しみのような……とても強い感情をぶつけていた。

「毒を盛ったのも、私です」

九思はいったいなにを言っているのだろう。

だが――薄々おかしいと思っていた。

魚を贈ったのは燕貴妃だ。しかし、あの時点で燕貴妃には毒を盛る理由がない。それを運んだ高明にもだ。

調理したのは九思だった。調理の際に味見をしないわけがなく、食材に毒が仕込まれていたとすれば、九思だけが被害に遭うはずだ。

毒は調理中に盛られた。

そして、料理に盛られた毒であれば、泰隆だけ症状が遅く、重かった理由にも説明がつく。

魚には毒が。さらに、泰隆が苦手で食べなかった羹には嘔吐薬が入っていたのだ。

夢鈴と九思は羹を飲んだため、すぐに毒を吐き出すことができた。しかし、泰隆だけは吐くのが遅れ、毒の症状が出たのだ。

結果的に、処置できたのでよかったが、あのままであれば泰隆だけが命を落とした可能性がある。

泰隆をねらっていたのだ。

「玖鶯様を……雪莉様を……おぼえていますか？」

九思が訴えた名は雀麗宮の元主と、許嫁だった。蘭雪莉と、楚玖鶯。それぞれ、もうこの世にはいない人間である。

「私は……後宮へ来る前は、楚家で働いておりました」

九思は幼いころより、楚氏の屋敷で下働きをしていた。両親を亡くし孤児となった九思は、親戚から屋敷へ売られたのである。

楚家は武官の家系であった。将軍を輩出するような立派な家ではなかったが、昔から朱国を支えてきた伝統がある。

そんな楚家において、玖鶯という男は異端だったかもしれない。

武の才はあったが、身体が弱く、優しい気質であった。いつも穏やかに笑い、常に周囲への気配りをしている。そういう人物だった。

ほかの兄弟たちは功を争い、武を競っている。だが、玖鶯だけは、それらに興味がなく、他人に譲った。

——国と大切な人を守れたら、それでよいではないですか。

それが口癖のような人間だ。

一介の下働きに過ぎない九思は、ほとんど関わりがなかった。一度だけ、食事をともにしたくらいである。

だが、九思が玖鶯について好ましく思うのには充分であった。

恋心……とはちがう。忠誠心でもない。ただただ、慕っていた。そのようなところである。

玖鶯には幼いころから許嫁がいた。蘭雪莉は、玖鶯とは真逆で武人らしい女人だ。自分にも他人にも厳しく、規律を重んじ、上昇志向も強かった。いつも無欲な玖鶯を罵って呆れていた。

だが、とても仲がよい関係だったと思う。お互いのちがいを認め、補っている。夫婦となっても、そうあり続けるだろうと、九思は感じていた。

「お二人が結婚される日は、来ませんでしたよ」

九思が語った話の先を、夢鈴は知っていた。

結局、蘭雪莉と楚玖鶯は結ばれなかったのだ。

「玖鶯様が亡くなってから、私はお屋敷をやめて後宮へ入りました。それからしばらくして、戦争が終わり……新しい皇帝陛下のお妃様に、雪莉様がなられたと知ったのです……嫌な予感がいたしました」

結論から言えば、九思の予感は当たった。麗妃となった蘭雪莉は皇帝との間に子をもうけるが、謀反を起こして処される。

九思には、楚玖鶯の無念を晴らそうとしたのだとわかった。

楚玖鶯自身は、きっとそのような復讐など、望みはしなかっただろうに――それでも、蘭雪莉はそういう女性なのだと、本能的に理解していた。

そして、思い知ったのだ。

九思はなにもしなかった。亡くなった楚玖鶯のために、なんの行動も起こさなかった。ただ屋敷を去っただけである。

蘭雪莉の執念を思うと、九思は居ても立ってもいられなくなった。なんとかして、彼女の行動が無駄ではない証しを残したい。

雀麗宮に新しい麗妃が入りたがらぬように、幽鬼騒ぎをでっちあげた。人魂を飛ばし、影を作り、噂を流す。思惑どおり、雀麗宮には次の麗妃が住まず、やがて虎麗宮が用意された。さらに、雀麗宮が取り壊されそうになるたび、九思は騒動を起こし続けたのだ。

　無駄だとわかっている。だが、蘭雪莉を……忘れないでほしかったのだ。そんなことしか、九思にはできない。なにもしてこなかった九思には、もう残せるものなどなかったのだ。

「だから、悔しくて」

　九思は泰隆を睨んだ。

「範泰隆様でいらっしゃいますね」

　範家は……数々の名将を輩出した、武家の名門であった。ことに、先の金国との戦争では、朱国軍を常勝へと導いた範家の軍師がいたと聞く。

　それが泰隆の本当の名前――。

「そうよ。魯桟口で敗けた軍師は、あたし。天候のせいにして開戦までに現地へ入るのが間に合わず、伏兵が読めないまま挟撃される原因を作った無能よ。そのせいで蘭雪莉の軍は孤立して、殿になった楚玖鶯が戦死した」

　泰隆は平坦に述べながら、九思を押さえていた腕の力をゆるめる。

「責を負わず、消息不明になった芥だわ」

　泰隆の口が悪いのは、いまにはじまった話ではないが、いつになく辛辣だった。否、彼はいつもそうだ……自分を評価するとき、最も言葉が悪くなる。

夢鈴は自らを芥呼ばわりする泰隆に不安をおぼえたのだ。

泰隆が軍属だったのは、なんとなく気づいていた。本人にも、もう隠すつもりはなかっただろう。

だから、おどろきはしない。

夢鈴はただ受け入れるだけだ。

しかし、泰隆はちがうように思えた。こんな風に語りながら、自らを本気で嫌悪している。

「あたしのこと、憎いの？」

「……最初にお荷物を見てしまったとき、あなたの正体に気がつきました」

夢鈴と泰隆が後宮へ入った日、九思は荷物の整理を手伝った。そのときに、泰隆の正体に気がついてしまったのだ。あのとき九思の挙動がおかしかったのを、夢鈴は思い出した。

「でも、そのときはなにも思いませんでした。おどろきましたが……私には戦なんて、わからないんです。玖鶯様も雪莉様も、ご自分の信念に殉じたと信じております。だから、あなたを憎いとは思わなかった」

九思はおちついた様子だったが、急に奥歯を嚙む。

「だけど、あのとき……無意味と言った」

「言ったわね」

――……命を懸けたところで、狗も喰わないわよ。

――恋や愛のために死を選んだって……なんにも変わりはしないんだから。

――無意味よ。

泰隆の言葉だった。

衛李心と高明の話を聞いた九思に言ったものだ。

おそらく……九思は楚玖鶯と蘭雪莉に重ねて想いを馳せたのだろう。同様に、泰隆も同じ二人を思い浮かべて「無意味」と断じたのかもしれない。泰隆の正体を知っていた九思には、それがわかってしまい……許せなくなったのだ。二人を蔑ろにされたと感じた。

夢鈴だけが、その裏側にあった想いを読みとることができていなかった。

泰隆の真意を正確に伝えるのが、夢鈴の役割だと自負しているのに――。

「すんだ話です。あきらめていたのです。あなたを責めても意味はないから……でも
……でも……耐えられなかった」

一時の感情だった。

九思は食事に毒を盛ってしまった。自分も死ぬかもしれない方法で。

「もうしわけありません」

力が抜けた泰隆の手を逃れて、九思が素早く起きあがる。九思は懐に隠していた懐紙を取り出して、自分の口へと運んだ。

毒を呑もうとしている。

「やめて！」

だれよりも早く動いたのは、夢鈴だった。

九思が持っている懐紙を叩きつけるように払う。それでも九思はあきらめていない。今度は舌を噛み切ろうと、顔を強ばらせた。

「舌を噛んでも！　基本、死にませんからね！」

夢鈴はとにかく九思を怯ませようと、大声を出した。もっとほかに効果的な叫び声があっただろうに。この場合、「わあああ！」とか「うおおお！」でも、よかった。

だが、結果的に九思はおどろいて動きを硬直させてしまう。実際、舌を噛んでも、適切な処置をすれば絶命はほとんどしない。これは、夢鈴の姉が教えてくれた知識だ。いきなり、姉が口から血を垂らしながら「舌を噛んで実験しましたが、死ねませんでした。べつの方法を考えましょう」と言い出したときは、何事かと思ったが、いま役に立った。

夢鈴は固まっている九思を、そのまま自分の胸の中に抱きしめる。

絶対、離さないようにした。

「あのときは大変でしたね！　まさか、全員で魚に当たってしまうなんて！　やはり、魚は乾物が一番美味しくて安全です！」

夢鈴の腕に抱かれて、九思は両目を大きく瞬かせた。

泰隆に言われて、毒を盛られたことはだれにも報告していない。あれは、そもそも、事件にすらなっていないできごとなのだ。

「すみません。わたしが、なにも知らなかったのです」

夢鈴は微笑みながら、九思の髪を優しくなでた。

「泰隆様は、こう言いたかったのです――生きていてくれることが、一番の愛なのです。だれも亡くなってほしくない。想いがあるなら死よりも、生きていてほしいのです。だれも彼もが忘れてしまえば、もうそこにはなにも残らなくなってしまうのだから。それこそ、無意味になります」

夢鈴には、あのときの泰隆の本心がわからなかった。

だが、いまならわかるのだ。

愛に殉じるのは美しいかもしれない。それほど大きな感情を持ち続けるのは困難である。それが復讐に転じてしまう気持ちは……恋人に逃げられ、放心していた夢鈴には理解できる。泰隆と出会わなければ、夢鈴もどうなっていたかわからない。

しかし、死を選べば、だれがその想いをおぼえていてくれるのだろう。だれもいなくなってしまえば、そこにはなにも残らないではないか。

「だから、雪莉様も玖鶯様も幸福だと思います。九思がおぼえていてくれるのだから」

いま、九思が死ねば、もう二人の想いは失われたものになってしまう。蘭家も楚家も、謀反の罪で一族郎党は処された。九思が残っているのは、おそらく彼女がずいぶん前に屋敷から離れていたからだ。このような見逃しは極めて稀だろう。

「そうですよね、泰隆様」

夢鈴は笑って、泰隆をふり返る。

泰隆は困った顔をしていたが、やがて呆れたように息をつく。

「……暑かったもの。魚も傷みやすかったんでしょ」

泰隆の言葉を受けて、九思の目に涙がたまっていく。夢鈴は目尻からこぼれそうな滴を、指先で拭ってやる。

「某は」

碧蓉が口を開けたので、夢鈴は心配になってしまう。やはり、九思は罪に問われるだろうか。それとも、謀反に加担した楚家の家臣生き残りとして処罰されなければならないだろうか。

「食あたりの報告は受けておりません。それに、幽鬼騒動についてはあくまでも状況証拠ではありませんか。この手の騒ぎは決定的な証拠がなければ、処罰がむずかしいのです」

夢鈴は安心して胸をなでおろした。

「そうですね。わたしがよく確かめもせず、転んでしまったのが悪かったのです。祈禱で現れた影だって、偶然、そうなっただけでしょう。きっと、そういう巡りあわせだったのです」

「夢鈴様……しかし……」

「わたしは九思と、まだ一緒にいたいのです」

「でも……でも……」

「そうだ。では、一緒に早朝走りましょう。泰隆様はつきあってくれないので、寂しくて。九思もそのほうがいいと思います。心身ともに鍛えていきましょう。大丈夫です。わたしも速さをあわせますので」

九思は戸惑った様子で、泰隆のほうも見た。

「そうね……」

泰隆はやりにくそうに視線をそらしたあとで、懐から一枚の札を取り出した。いつも泰隆が易占牌に使用する札だ。

火風鼎。

泰隆は九思の手に、札をにぎらせた。

「いい暗示じゃないの。これも巡りあわせだから、しょうがないわね」

そう告げる泰隆の意図を、おそらく夢鈴は読みとれていると思う。怪訝そうに札をながめている九思に、夢鈴は笑いかけた。

「火風鼎には、調和と協力、そして安定という意味があります。よい人間関係を築き、成功を目指すという……ちなみに、泰隆様の持ち物は本日もわたしが整理いたしました。泰隆様は卜術の道具を部屋にすべて置いてきていたはず。つまり、この一枚だけを九思のために選んで持ってきたので――」

「あああ！　余計な口を閉じなさい！　あなた、莫迦なのかしら!?」

泰隆が声を荒らげながら、夢鈴の説明を阻害する。

「言ったほうがいいと思いまして」

「言わなくていいのよ、そんなことは！　まるで、あたしが占いもせずに札を選んで持ってきたみたいじゃないの！」

「そうではないのですか？」

「んなわけないでしょ！　そんなに疑うなら、いまから心易でも立てる!?」

泰隆が占ったか、占っていないかの真偽はおくとして。彼が九思に、この札を渡したということは……彼女を許すという意味だ。泰隆は雀麗宮に来る前から、九思を許していた。

毒を盛られたとき、泰隆には、すでに犯人もわかっていたはずだ。だから、夢鈴にも事件についての口止めをした。

決定的な証拠を押さえるためかもしれないが……夢鈴はちがうと解釈する。九思を犯人として糾弾したくなかったのではないか。彼女が起こした行動に対する、理由を知るためだと思う。

やはり、泰隆は優しいのだ。

「あ、その……」

泰隆は大きな息をつくが、やがて少しだけ頭をさげる。泰隆がこのような仕草をするなど珍しいので、夢鈴は面食らう。

「悪かったわ……あと、ありがとう」

ありがとうの意味について、夢鈴はしばらく考えた。

けれども――これについて、ここで解説は必要ないだろう。

泰隆と九思の顔を見て、夢鈴はそう思った。

終幕　こちら後宮日陰の占い部屋

一

拝啓、青楓（せいふう）姉様。

お元気でしょうか。雀麗宮の幽鬼騒動について、無事に解決できました。詳しい事情は省略させていただきますが、もう大丈夫です。姉様も、ご安心ください。

そして、この実績をもって、いよいよ後宮での占術は順風満帆でございます。なにかお悩みはありませんか？　よろしければ、凛可馨（りんかしん）がお聞きいたしますよ。おまかせください！

もちろん、守秘義務は遵守します。大家についての悩みでもかまいません。絶対に、外部へは漏らしませんから……というより、姉様にお会いしたいのです。お仕事としてでも、私的な用件でも。

よい返事を待っております。

翔夢鈴（しょうめいりん）

拝啓、夢鈴。

お元気そうで、なによりです。しかし、油断は禁物ですよ。後宮には問題が山積みです。あの程度のつまらない騒動を解決したからと言って、調子に乗らないように。私については、本当に心配はいりません。

悩みはありません。あるにはありますが、それは忙しいという悩みなのです。いま、翔青楓には成すべき大望がございます。占術などで叶うものではないのです。目指す道は見えています。この忙しさを脱することこそ、私の望みです。

だから、どうか。私についてはは気にしないで。大家の話も結構です。間に合っております。本当です。

翔青楓

「それでそれで、聞いてくださる？」

夢鈴は取り留めのない雨佳の話を聞いている間、今朝届いた姉からの文を思い出していた。あいかわらず、青楓は夢鈴に気をつかって、なかなか会ってはくれない。困ったものだ。

「ねえ、聞いていらっしゃる？」

「すみません、雨佳様」

虎麗宮での茶会におもむくのは、何度目だろう。すっかり夢鈴の日課になっていた。雨佳は楽しそうに口を動かすのに一生懸命だ。彼女は人と話し慣れていないせいか、内容がわかりにくい。順序が整っていないのだ。一つひとつ、ていねいに聞かねば意図を汲みとれないことがあった。

「今日の朝儀で、燕貴妃からとても睨まれてしまったの。きっと、わたくしが凜可馨や夢鈴と仲がいいからだわ。これが嫉妬かしら？」

嫉妬ではないと思う。おそらく、雀麗宮の騒動がおさまって面白くないだけだ。あと、これは完全なる推測だが……雨佳は愛らしい印象の妃である。いままでは引きこもっていたので許されていたが、燕貴妃としては「敵が増えた」と感じているのだろう。他者への敵意と嫉妬を剝き出しにした燕貴妃らしい。

あれから、正式に雀麗宮の取り壊しが決まった。

この件で、高明が手柄を立てる形となったらしい。なにもしていないのに。だが、彼が皇帝の御前で褒美を賜ることを許されたと聞き、なんとなく嬉しくなった。あまり気に入らぬ宦官だが……高明がなにを望むのか、夢鈴は気になってしまう。

「ねえ、夢鈴」

「なんでしょう、雨佳様」

雨佳はまた話題を変えるようだ。本当に忙しい。それだけ多くのことに興味を持っている状態なのだろうと、夢鈴は解釈した。

「あなた、佳人よね。虎麗宮の妃になってくださらない？」

「………………！」

そう言って雨佳は夢鈴の手をにぎった。

たしかに、夢鈴はかつて後宮へ入るよう招待された。それに見あうだけの容姿は証明されているのだろうが……。

虎麗宮の妃嬪になるとは、つまり上級妃嬪候補だ。妃でもない人間がいきなり住まう宮ではない。妃になったとしても、下級妃嬪は瑞花宮に入るのが本来の順序なのだ。それから段階的に出世するのが常識である。

「雨佳様、ご冗談を」

「冗談じゃないわ。虎麗宮の妃を決める権限は、大家と四妃に与えられた特権なのですって。好きな方を選んでいいと言われたから、夢鈴を誘っているの」

「ですから、わたしは妃ではないので――」

「妃になりましょうよ。どうせ、大家は鶴恵宮にしか行かれないのですから、名ばかりの肩書きよ。虎麗宮は、わたくしの好きにしてもいいのです。そのほうが、わたくしが楽しいのだわ！　お父様も、きっと賛成します！」

それを四妃の立場で宣言するのは、どうなのだ。彼女の父親も、おそらく「いや、待て」とたしなめるはずだ。

「わたくしからの贈り物、受けとってもらえないのかしら？」

「贈り物なら……きちんといただいておりますよ。占術の報酬は充分すぎるほど頂戴しました。また、このように何度もお茶会に誘っていただけて、一緒に素敵な時間を過ごしています。これ以上の贈り物はございません。わたしには、もったいないお話です」

「そうかしら？」

「そうなのです」

「んぅ……困ったわ。では、だれを選べばいいのかしら……また占って決めるのは、だめ？」

雨佳は悩ましげに首を傾げてしまう。

「占術に頼らずとも、信頼できる人間関係をゆっくり作ればいいのです」

夢鈴はそう言って茶をすする。

雨佳は納得いかない様子だったが、とりあえずのところはあきらめたらしい。次の瞬間には、べつの話題に変わっていた。

二

虎麗宮での茶会を終えて帰っても、店は静かであった。

几を見ると、九思の書き置きがある。買い出しに行ったらしい。後宮の内部には、数日に一度、小さな市場が出店されるのだ。そこで軽く食材などを調達する。後宮から配給される食材や共同食料庫もあるが、同じものばかりなので飽きるのだ。

雀麗宮での一件から数日経ったが、九思には引き続き、働いてもらっている。九思のほうは遠慮するところもあるようだが、夢鈴や泰隆はそうしてほしいと思ったからだ。

もちろん、毎朝の鍛錬も一緒に行っている。九思も夢鈴と同じく迷える人間だ。心身ともに鍛えれば、きっと前向きになるはずだ。九思も鍛錬の間は無心になれるので、気持ちがいいと言っていた。

「ただいま戻りました」

夢鈴は奥の部屋を仕切る扉を開けた。

散らかった部屋の、狭い寝台。芥の一部のような有様で寝ているのは、泰隆だった。

朝起こして化粧までしたのに……暑い日々が続くせいか、蓋頭をとって寝台に突っ伏していた。

「泰隆様」

夢鈴は呆れながら、午睡に興じる泰隆の肩を揺すった。

「…………」

「起きてください。だらしがないですよ」

この有様はどうやっても肯定的に褒められない。せいぜい、「生きて呼吸していて偉いですね」である。

やっとのことで、泰隆が目を開けた。

夢鈴は寝台に腰かけて、息をつく。

「……おまえなぁ……」

泰隆はうつろな表情で夢鈴の顔を確認するなり、舌打ちをした。なにか気分を害しただろうか。女言葉が消し飛んで、高圧的な態度であった。明らかに、機嫌が悪い。

「男が寝ている寝台に座る女があるか？」

「すみません。泰隆様は後宮では便宜上、女性ということになっていますので」

「もっと気をつけろと忠告しているんだ」

「気をつけていますよ。午睡をしすぎると、体内の周期が狂ってしまうのです。夜に眠れなくなり、昼間の集中力が落ちると聞きました。今後の仕事に影響しますので、こうして起こしている次第です」

「どうして、おまえはその手の意図を汲み取るのが下手なんだ!?　莫迦なのかしら!?」

「男言葉と女言葉が混ざっておりますよ」

「その指摘は必要か!?」

寝起きで機嫌が悪いからと言って、意味のわからない説教を垂れられても……泰隆は、ときどき妙な理由で怒る。

「俺ほど不誠実な芥は朱国にいないぞ」

泰隆は吐き捨てるように言いながら、身体を起こした。仕草が雑で男っぽい。窓の帳も開いているのだから、もっと注意してほしかった。

だが、それ以上に夢鈴は泰隆の言い回しが気になる。

「泰隆様。ずっと、ゆっくりお話ししようと思っておりましたが……あまり時間がとれませんでしたので、言わせていただいてよろしいでしょうか?」

「なんだ」

「不愉快です」

「…………」

「その言い方は、大変不愉快です」

夢鈴は再び強調する。

珍しく腹の底から熱いものがこみあげてきた。

「泰隆様の口が悪いのは、いまにはじまった話ではございません。しかし、許せません。ご自身のことを、芥だとか、そういうのは不愉快です。撤回してください」

自虐や謙遜ではない。

泰隆は本気で自身をそう評しているのだと思うと、不愉快でたまらなかったのだ。

「いいですか？　泰隆様は、わたしの恩人なのです。それなのに……恩人を芥と言われて、喜ぶ者がおりましょうか。わたしは、とても不快です」

「いや、自分のこと――」

「撤回しなければ、明日から早朝鍛錬を一緒にしていただきます」

「これ以上、朝を早くしようとするな！」

泰隆は困った表情で夢鈴を見ている。夢鈴は挑むような心持ちで睨み返してみた。

「泰隆様は、なにが気に入らないのでしょうか。戦に負けたことですか？　それとも、逃げてしまったことでしょうか？」

泰隆の過去は聞いた。

だが、どうしても納得がいかないのだ。

「常勝など、どのような天才でも為し得ぬ偉業です。碧蓉（へきよう）様は泰隆様をお許しになっているご様子でした。大家も同じなのではありませんか？　わたしは……戦というものを知りません。多くの命が失われ、結果として悲劇が生まれたのは悲しいです。しかしながら、その責任は泰隆様がすべて負うべきなのでしょうか？」

　どうやっても、一人では償いきれない。

　夢鈴は、あとから碧蓉から聞いたのだ。

　魯桟口の戦い以降、朱国と金国は大きく争っていない。小競り合いをくり返していただけだ。

　理由の一端は、その時機で先帝が崩御し、帝位継承争いが起こったからである。そして、紅劉（こうりゅう）が即位した。

　新皇帝は魯桟口の戦い以降、国民たちの間に漂った厭戦の流れを利用して、金国との戦争を和平に持ち込んだのだ。あの敗北がなければ、民意は戦争の継続を望んだだろう。金国を滅ぼすまで。

　見方を変えれば、戦争を終わらせた戦いともとれる。蘭雪莉（らんしゅえり）にとっては憎むべき結果になったかもしれないが……皇帝や国にとっては、大きな転換期だったのだ。

　決して無駄ではなかった。

　泰隆が軍に残ったとしても、挽回の機会などなかった。彼の役目は、終わっていたのである。

それは泰隆だって、よく理解しているはずだ。むしろ、彼のほうが詳しい。

「もう……許しましょうよ」

夢鈴は泰隆が心配なのだ。

彼は自分を許せずにいる。

いつか本当に、どこかへいなくなってしまうのではないか。後宮からも、夢鈴の前からも姿を消してしまうのでは――。

夢鈴は泰隆に救われた。だが、きっと本質は変わっていないのだ。夢鈴は泰隆に依存している。元恋人や姉に対してと同じように、泰隆に依存しているのだ。そのようなことは、ずっと理解している。

身体を鍛えて紛らわしているが、駄目だ。夢鈴は弱いままで、なにも変化していない。

「おい、醜女(ブス)」

泰隆の表情が見えなくなっていた。そこで初めて、夢鈴は自分が涙目になっていると気づく。

この場合の「醜女」は「そんな顔をするな」である。だから、泣きそうになっているのだろうと、想像がついた。

「勘違いするな。俺が範(はん)を捨てたのは、そんなくだらない理由では……いや、くだらないのにはちがいないが……」

「？」

「勝てと言われれば、勝つのが仕事だと思っていた——だが、もうあんな命に応じるのが嫌だっただけだ。結局は身勝手な理由だよ」

あんな？　夢鈴は眉を寄せ、泰隆の顔を凝視した。

泰隆は首を横にふる。この話は区切りたいようだ。言う気がない……というより、言えない。夢鈴にも詮索するなと言っている。そのような雰囲気だった。

「あと、べつに……俺はどこへも——んん。あたし、もう逃げも隠れもしないから、そんな顔で困らせないでちょうだい。うざったい」

泰隆はやりにくそうに、頭を掻いて舌打ちをする。口調も改めたためか、幾分か丸く聞こえた。

「あなた見てると、ね……あたしだって、変われる気がするの」

夢鈴は首を傾げて眉を寄せた。言葉が圧倒的に足りていない。

「だから、あなたみたいに、最悪の醜女から全肯定的花畑頭に変わった人間なんて、あたし知らないのよ。面白いというか、もうちょっとだけ見ていたいというか……とにかく、手放す気は……ないのよ」

今度はすんなりと胸に入ってきた。しかし、泰隆自身はまだ説明が不十分と感じているらしく、言葉を選びはじめる。

「それに、その……あなたがいないと、占術も……上手くいかないみたいだから。助手がいないと困るのよ。九思にも誤解されたばっかりだし……凜可馨って、あたしだけの名前じゃない気がするの……」

泰隆が……珍しく素直だ。

「つまり、泰隆様もわたしに依存してくださっているという意味でしょうか？」

「あなたそれ、一周回さないでもらえる？　どうして、逆にひねくれた言い方になってるわけ？」

「もうしわけありません、つい」

夢鈴は思わず笑ってしまう。泰隆はむずかしい顔をしていたが、やがてつられるように笑みを返してくれた。

「もうすぐ、九思が帰ってくると思います。雨佳様からお茶菓子をいただいたので、三人で食べましょうか」

「そう。なにかしら」

「桃饅頭です」

夢鈴は寝台から立ちあがって、窓の外を見た。

今日の空は晴天だ。しかし、このような後宮隅の部屋には、木々の陰になって日光があまり入らない。
工部の隣に位置する日陰部屋。
本日も、いつもどおりであった。

占い指導……占い師うかれれ

本書は書き下ろしです。

こちら後宮日陰の占い部屋

田井ノエル

2020年10月5日初版発行

発行者……………千葉 均
発行所……………株式会社ポプラ社
〒102-8519 東京都千代田区麹町4-2-6
電話……………03-5877-8109(営業)
03-5877-8112(編集)

フォーマットデザイン 荻窪裕司(design clopper)
組版・校閲 株式会社鷗来堂
印刷・製本 中央精版印刷株式会社

ポプラ文庫ピュアフル

ホームページ www.poplar.co.jp

N.D.C.913/276p/15cm
ISBN978-4-591-16793-9
P8111301

イケメン毒舌陰陽師とキツネ耳中学生の
へっぽこほのぼのミステリ!!

天野頌子
『よろず占い処　陰陽屋へようこそ』

装画：toi8

母親にひっぱられて、中学生の沢崎瞬太が訪れたのは、王子稲荷ふもとの商店街に開店したあやしい占いの店「陰陽屋」。店主はホストあがりのイケメンにせ陰陽師。アルバイトでやとわれた瞬太は、実はキツネの耳と尻尾を持つ拾われ妖狐。妙なとりあわせのへっぽこコンビがお客さまのお悩み解決に東奔西走。店をとりまく人情に癒される、ほのぼのミステリ。単行本未収録の番外編「大きな桜の木の下で」を収録。

〈解説・大矢博子〉